KB022125

이 시는 누워 있고

일어날 생각을 안 한다

민음의 시 322

이 시는 누워 있고 일어날 생각을 안 한다

임지은 시집

민음사

자시(自序)

할머니는 교양서적을 가지고 있었다

볕이 뜨거운 날에는 모자를 쓸 것
바쁠 때는 두 계단씩 올라갈 줄도 알 것
이라고 적힌

나도 교양 있는 사람이 되고 싶었지만

인도양을 건너는 인도
사람의 이야기나
완벽한 사자를 기르는 법이 더 궁금했다

세 번째 시집이 있는 사람이 되었다

2024년 6월
임지은

차례

1부

사물들 **13**

식물원에 와서 쓰는 동물원 시 **15**

경계 문지르기 **17**

발바닥 공원 **20**

팀워크 **22**

기본값 **24**

크리스마스로 시 쓰기 **27**

눕기의 왕 **30**

미스치프와 시쓰기 **32**

토끼잠 **34**

산 책 **37**

꿈속에서도 시인입니다만 2 **41**

코로나 시대의 낭독회 **44**

입장들 **46**

결말들 **48**

2부

반려돌 **53**

가장 좋은 저녁 식사 **54**

혼코노 **56**

비 오는 날의 다중 우주 **59**

구조주의   60

반납   63

정리하지 않은 게 정리   66

프랑스 댄서   69

숨바꼭질   74

상한 두부 한 모   76

비상구   78

유기농 엄마   79

수중생활   82

네모 없는 미래   85

3부

무한리필   89

자는 동안   92

들고 가는 사람   94

과대포장   96

덕수궁에 왔다가 들어가지는 않고   98

심은 꽃   100

파꽃   102

모조 꽃   105

병원에 갔어요   106

똑똑   108

조건 가정   111

발 빠짐 주의 **114**

유턴하는 생활 **116**

삥삥이 맑음 **119**

남은 부분 **122**

4부

죽은 나무 심기 **127**

새로움과 거리에 관한 하나의 견해 **129**

신인과 대가 **132**

과일 교도소 **134**

탈의실 **136**

앨리스 나라의 이상함 **138**

밀봉된 캔의 역사 **142**

침묵에 가까운 일 미터 **144**

세탁기 연구 **145**

책상 연구 **148**

독자 연구 **150**

악몽은 사적인 동물 **152**

모자(속에 사는 사)람 **154**

팔자 주름 **157**

초능력이 니체 **159**

작품 해설 – 최선교(문학평론가) **163**

1부

사물들

리본과 화분이 약속한다
간이 의자와 테이블이 포옹한다

단골손님과 주인으로 만나 혼인 신고를
마친 보르헤스 전집과
3단 책장

새로 산 우산이 겨울비를 맞는다
계단이 물 자국을 빨아들인다
투명한 창문에 입김을 불어 글씨를 쓴다

오래오래 잘 사세요

부러진 밥상과
스프링이 빠진 볼펜
사람은 고쳐 쓰지 말랬지만
사물은 몇 번이나 고쳐 쓸 수 있고

머리부터 집어넣는 티셔츠의 세계

몸통이 구멍인 빨대의 세계
뜨거워져야 움직이는
엔진의 세계

달력이 1월을 사랑해서 새해가 온다
바퀴가 동그라미를 따라 해서 자전거가 움직인다

컵과 얼음이 만나서 완성되는 여름
구멍 난 장갑이 눈사람의
차지가 되는 겨울

창문에 쓴 글자가 남아 있다

오래오래

식물원에 와서 쓰는 동물원 시

사람들이 둥근 것을 좋아해서
서울에는 원이 많다

학원 병원
식물원 동물원 유치원

동그란 식탁에 모인 동그란 얼굴
동그란 컵에 담아 마시는
동그란 웃음

태어난 자리에서 죽은 나무가
밑동만 남겨진 채 잘려 나가는 걸 볼 때
동그란 질문을 하고 싶어졌다

식물도 특별히 살고 싶은 곳이 있을까?
한여름에 얼음을 껴안고 있는 펭귄은 남극을 기억할까?

사람들이 좋아해서
심은 나무와 좋아해서 잡은

생선과 좋아해서 데려온 동물이 하나씩 사라질 때마다

사람들에게 좋아하지 말라고 말하고 싶어섰나

시간이 원을 좋아해서
시계가 둥근 것이 아니듯
세상엔 좀 더 많은 모양이 필요하고

휴일에 찾은 식물원은 문을 닫았다

식물도 깊은 잠이 필요하니까
잠자는 나무를 따라 눈을 감았다 뜨면

하늘에 새들이 피어 있었다
횡단보도가 얼룩말인 척 누워 있었다
침대에 심어 놓은 인간이 뿌리로 걸어 다녔다

경계 문지르기

경계는 좋은 거야?
갈라지는 길에서 아이는 묻습니다
그 어려운 단어를 어떻게 알았는지 알 수 없지만

경계는 아이와 나를 멀어지게 합니다

*

여기는 차도입니다
전에는 인도였죠

사람들이 걷는 것을 즐겼을 때
걷는 일에서 인생의 리듬을 배웠을 때

이젠 길에서 농담을 줍는 사람은 없고
무단 횡단을 하는 사람이 있습니다

그거 참 아주 위험한 농담이군요

도로에는 울타리가 세워지고
신호등은 거꾸로 숫자를 셉니다

행여나 사람들이 죽음을 건너지 않도록

*

운동장에 물 주전자로 선을 그리고
아이들이 피구를 합니다

공을 맞은 아이는 선 밖으로 나오고
공을 피한 아이는 살아남습니다

피구는 회피를 배우는 운동입니다

선이 증발해 버리자
아이들은 흩어지지도 모이지도 않습니다

놀이는 중단됩니다

*

경계는 슬픈 거지요?

잘못 그은 선을 지우개로 문지르며
아이는 묻습니다

괜찮아, 약간의 똥을 남길 뿐
깨끗하게 지워질 테니까

나는 대답했습니다

발바닥 공원

발바닥이 있어 걸어 다닙니다

서 있을 때 발바닥은
낮잠으로부터 제일 멀어요

일어나기 위해 쭈그려 앉은 나를 누군가 밉니다

나는 굴러가면서 위가 아래가 되고
아래가 위가 돼요

지구가 돈다는 사실도
달에겐 위로가 될 수 있을까요

돌멩이와 화분과 의자를 가져다 놓으니
공원이 되어서 걸었습니다

니체가 죽지 않았다면 여전히 살아 있을 텐데, 같은
무용한 생각을 하며

대야와 우신과 수건을 가져다 놓고
해변이라 한다면
그곳에도 바람이 불고 파도가 칠까 궁금해하며

딱딱한 것이 밟혀 운동화를 거꾸로 털자
작은 돌이 굴러갑니다

위로가 필요해 쭈그려 앉은 사람처럼

돌의 발바닥은 위, 아래가 아닌
중간 어디쯤 위치해 있을 거예요

누군가 껌 종이와 유리 조각과
마침표를 가져다 놓고 마음이라고 해서
만져 보았습니다

말랑하네요, 딱딱
해지지만 않는다면 말랑할 겁니다

팀워크

당신의 내면은 지나치게 촘촘하다

발 디딜 틈 없는 그곳에 어느 솜씨 좋은 화가는 붓을 들어 흰색을 칠한다

그러나 빽빽한 숲을 좋아하는 당신은 나무 한 그루를 더 그린다

갑작스러운 친구의 방문에 당신은 내면뿐만이 아니라 자신의 방도 발 디딜 틈 없다는 것을 깨닫는다

그래도 앉을 곳 하나쯤은 마련할 수 있을 텐데…… 어디서부터 치워야 할지 모르는 당신에게 어느 손끝이 야무진 청소 전문가는 정리의 시작은 버리는 것이라는 점을 상기시킨다

친구를 버리고 돌아와 당신은 '나는 왜 이 모양일까?' 라는 제목으로 일기를 쓴다

﹀ 형태를 빚을 수 있어 빈칸을 사랑하는 어느 작가는 당신에게서 몇 개의 단어를 삭제한다

요즘 들어 기억력이 나빠졌다고 느낀 당신은 기분이라도 정확히 표현하고 싶어 국어사전을 씹어 삼킨다

당신은 염소가 아닌데…… 인생은 알 수 없는 맛으로 가득하고

재료 본연의 맛을 선호하는 어느 자연주의 요리사는 끓고 있는 당신의 냄비에 물 한 컵을 붓는다

……그렇게 빈칸이 많고 헐거운 당신이 시작되었다

기본값

다들 왜 이렇게 열심히 사는 거야? 이 년 만에 새로 나온 작가의 책을 주문하며 밥 먹고 글만 쓰나 봐, 생각했다

친구가 말했다, 너도 밥 먹고 시만 쓰잖아

그건 내가 아파서, 시에 정신을 팔고 있지 않으면 아픈 것들이 너무 또렷하게 느껴져서

그럼 시인들은 모두 아픈 존재들인 걸까? 친구는 답해 줄 수 없고 나는 이 궁금증을 풀기 위해

n 개의 삶을 사는 강혜빈 시인*을 만났다

대학원 수업이 끝난 후 짬을 내 카페에서 시를 쓰고 포토샵 작업까지 마친 그녀는 네 번째 자아로 앉아 있었다

저도 가끔은 아프기 위해 사는 것 같다는 생각을 해요

보통이 보통을 넘어서고 있는 시대에는 열심이 기본값

이 된다 그렇게 보통이 새롭게 정의되고 있는 사이 우리는
밥을 먹고 차를 마시는 일을 한 개로 줄이기 위해

　……밥을 차처럼 후루룩 마셨다

　밥알이 최선을 다해 목 뒤로 넘어가고 있다 밥알이 뭐
라고 밥알까지도 최선을 다해야 하는 걸까

　몇 개의 학교와 몇 개의 직장과 몇 개의 자격증이
　몇 개의 언어와 몇 개의 점수가

　몇 개의 웃음으로 피어나기 위해 시인들도 시를 쓴다고
쏟아지는 시를 비처럼 맞으며 밤새 쓴 시를 소리 내 읽어
본다고

　그것도 여러 번, 그것도 매일 밤

　괜찮지 말아요
　뭐든 사랑해 버려요

＞ 양손잡이가 된 세상에선 두 손이 아니라 아무 손이나 써도 괜찮을 거라고 오른손잡이인 그녀가 시를 꾹꾹 눌러 쓰는 동안

　　나는 기도했다 열심이 대충의 외피를 입기를, 3월이 아프지 않고 4월이 되기를, 보통이 보통에서 멈추기를

---

* 그는 시인, 사진가, 대학원생, 학원 강사 외에도 펭귄, 무지개, 유리의 역할을 맡고 있다.

크리스마스로 시 쓰기

크리스마스로 시들 쓰기로 했다

크리스마스를 좋아하지 않았지만 선물이 되고 싶었다
불 꺼진 백열전구처럼 나를 걸어 놓았다

양말에 작은 선물이 들어 있었던 적도
몰래 교회에 가 본 적도 있었지만

서로의 소중함을 깨닫게 된다는 특선 영화와는 거리가
멀었다

거리에는 사람이 너무 많기도 고요할 만큼 없기도 했다
오늘이 생일인지도 모르고 지나간 날이 많았다

그러나 크리스마스는
너무 많은 사람이
너무 오랜 시간과
너무 깊은 소원을……

불행이 솜뭉치처럼 의자 사이를 굴러다녔다
나만 참으면 행복해지는
일이 많아졌다
한겨울에 슬리퍼를 신고 한여름을 기다렸다

그때 누가 문을 두드렸던 것 같다

문밖엔 죽과 케이크를 든 남자가 서 있었다
그는 자신을 민수라고 소개했다

나에겐 단 한 번도 찾아온 적 없는 산타가
궁금하긴 했지만 이런 식일 줄은 몰랐다

누구에게나 인생에 한 번은 산타가 다녀간다고
요즘엔 배달부로 위장하면 되니까 편해졌다고

그는 내게 무얼 하고 있었냐고 물어봤다
시를 쓰고 있었다고 했다
그럼 자신이 찾아온 얘기를 쓰면 어떻겠냐고 했다

나는 그러겠노라고 했지만 실은 그러지 않으려고 했다

그러나 다른 곳에서는 영수
혹은 철수일지도 모를
민수가 어둠 속으로 사라지는 동안

그의 그림자가 트리 모양이었기에
산타가 찾아온 이야기를 시로 쓸 수밖에 없었다

눕기의 왕

뒤통수가 사라진다 누워 있었기 때문에
떠다니는 하품을 주워 먹는다 누워 있었기 때문에
아침이 돼서야 이를 닦는다
누워 있었기 때문에……

먹지 않고 걷지 않는다
일어나고 싶은 마음이 늦겨울 봄볕처럼
아주 잠시 생겼다 사라진다

뭐든 중간이라도 가려면 가만히 있어야 하고
가만히 있기엔 누워 있는 것이 제격이니까
다른 걸 하려면 할 수도 있는데
안 하는 거다

왜? 누워 있으려고

그리하여 나는 시도 때도 없이 어디든
누워 있을 수 있게 된다

밥상, 난산, 카드뿐인 지집
젖은 하늘이 마르고 있는 빨랫줄
지금 어디야? 같은
질문과 포개진 사람의 그림자까지

졸음을 데리고 와 같이 눕는다

졸음은 죽음이 아닌데 코가 비슷하고
같은 베개를 나눠 쓰고
음음…… 허밍을 하고

이 방은 혼자 눕기엔 넓으니까
너무 건조해서 침묵이 흐르니까
누구도 마침표를 찍으려고 하지 않으니까

이 시는 지금 누워 있고
도무지 일어날 생각을 안 한다

미스치프와 시 쓰기

가브리엘*은 SNS에서 자신을 팔로 하는 작가 중 열일곱 명에게 12월 17일 17시까지 한 문장을 보내 달라고 부탁했다 어느 날, 그는 시를 쓰고 싶었는데 좋은 문장을 쓰는 것이 쉽지 않다는 것을 알았다 차라리 작가들의 휴지통을 뒤져 그들이 버린 문장 중 하나를 가져오는 것이 낫겠다고 생각했다 하지만 작가들의 방을 일일이 방문하긴 어렵고 그들이 과연 문을 열어 줄지도 확실치 않았다

그는 작가들의 인류애에 기대를 걸 수밖에 없었다 DM을 보낸 지 1분도 지나지 않아 답장이 왔다 **무슨 일이죠?** 좀 직접적이긴 하지만 첫 문장으로 호기심을 유발하기에 더할 나위 없이 좋았다 곧이어 **제가 밖에 나와 있어서** 와 **구름은 눈의 어머니일지도 모르지만** 이라는 메시지가 도착했다

이렇게 쉽게 세 줄이나 완성되다니! 매우 과감한 전개였다 하지만 기쁨도 잠시 네 번째 줄은 두 시간이 지나도록 도착하지 않았다 아무래도 그들의 휴지통을 직접 뒤져 봐야 하나 싶을 때쯤, **1분이 케이크 위에서 60초 단위로 타고 있다, 알람을 켜 두는 걸 깜빡했군요, 문장을 얻고 싶으시다고요? 배부른 양반이 밥 두 공기 먹는 소리 같으니**

등의 메시지가 간헐석으로 노착했나

가브리엘은 손톱을 깎고 청소기를 돌리고 점심으로 간단하게 시금치를 곁들인 오믈렛을 먹었다 이제 17시까지는 3시간이 남았고 그는 지금까지 온 문장들을 어떻게 배치할지 고민했지만 막상 해 보려 하니 좋은 문장을 쓰는 것보다 열일곱 배 힘들다는 것을 깨달았기에 그냥 온 순서대로 나열하기로 했다 아직 세 문장이 도착하지 않았지만 열네 문장으로 된 시도 충분히 새롭고 의미가 있다고 생각했다

초침이 17시를 넘어서기 직전 **지금까지 쓴 것 중 하나만 남기고 지우시오**, 라는 문장이 도착했다 가브리엘은 시의 마지막에 이 문장을 넣을지 아니면 뺄지 한참을 고심하다 문득 자신이 시인처럼 생각하고 있다는 사실에 조금 놀랐다 그는 다른 작가들이 쓴 문장으로 완성한 시를 자신의 이름으로 발표하기에 이르렀는데…… 시 한 편의 원고료가 턱없이 적었기에 작가 중 누구 하나 불평하지 않고 조용하게 지나갔다

* 미스치프 집단의 수장

토끼잠

토끼와 거북이는 달리기 시합을 하기로 했습니다

토끼는 깡충깡충 뛰다가
물가에 놓인 돌을 건널 때는 총총거리기도 했습니다

거북이는 느리긴 했어도 제법 빨랐습니다

동물의 왕국을 본 적이 있다면
당신이 알던 거북이가 아니라 놀랄 겁니다

결승선을 앞두고 토끼는 잠이 쏟아졌습니다
꽤 먼 거리를 전속력으로 달려왔으니 그럴 만하죠

요가를 수련할 때도 맨 끝에는 송장 자세를 취하잖아요

그렇게 토끼는 죽은 듯이 잠이 들었고
거북이는 결승선을 통과했습니다

이때부터 토끼의 비극이 시작된 겁니다

여기서 주목해야 할 사실은 누구도
토끼를 깨워 주지 않았다는 것

푹 자는 토끼가 신기했을 수도
슬쩍 부러웠을 수도 있습니다

그때부터 토끼는 조각 잠을 잤습니다
자는 동안 무슨 일이 일어날지도 모르잖아요?

친구에게 급한 전화가 걸려 올 수도

잘 아는 사슴이 조금 모르는 다람쥐에게
중요한 얘길 했을 수도

거북이가 거북이가 아니라
거북한 동물이었다는 게 밝혀질 수도

그렇게 많은 수도…… 꼭지를 잠그지 않았으니

토끼는 똑똑 떨어지는 잠의
물방울을 맞으며 두 눈이 빨개졌습니다

전속력으로 달렸을 뿐인데 돌이킬 수 없는 일이 생겼고
그게 나를 조금 망가뜨린다 해도 어쩔 수 없죠

너덜너덜해진 마음은 몸과 달라
바늘로도 꿰매지지 않아요

잠이 새어 나가고 있습니다
귀가 뾰족한 생각 밖으로요

산 책

□ 시력이 좋아지는 책

초록은 눈에 좋은 색이다

시금치 청경채 케일 수박
축구공이 구르는
잔디밭

시력이 나빠진 후 볼 수 있는 것들이 늘어났다

거울 속 내가 모호를 입고
분명이 흐릿해지고

한밤중에 눈을 뜨면 귀신이 보이기도 했지만
선명하게 잘 보이진 않아서
귀신이겠거니 짐작했다

□ 머리카락이 짧아지는 책

> 레이먼드 카버의 「숏컷」에 나와 있지 않지만, 짧은 머리
가 남자들의 전유물이라는 이야기는 이제 옛날얘기라 해
도 과언이 아니다

  하이힐이 거리의 오물을 밟지 않기 위해 만들어졌다는
유래를 몰라도 하이힐을 신을 수 있듯이

  가장 이상적인 사고를 하기에 알맞은 생각의 높이가
7센티미터라는 것을 반드시 알아야 할 필요가 없듯이

  우리는 플랫슈즈를 신는다

  □ 야옹야옹 하는 책

  고양이가 울어요 **야옹**
  고양이가 화내요 **야아옹**
  웃어요 **야오옹**
  외로워해요 **야야야옹**

도망쳐요 **알라옹**

고민해요 **오오옹**

혼란스러워요 **야옹야옹야옹**

공허해요 **야아아아……**

혼자 있고 싶어요 **아오**

갈등해요 **야아아오오옹**

고양이도

고양이도요

□ 체크무늬로 된 책

반복은 체크를 낳는다

반복은 체크의 어머니다

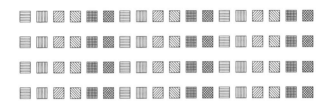

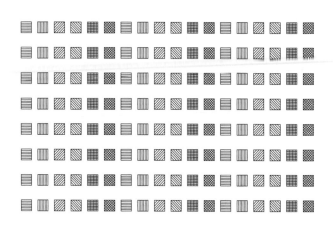

오늘 산 책을 차곡차곡 쌓으면 오늘의 산책이 된다

납작 구두에 체크무늬 옷을 입었음
초록 고양이를 보았음
따라온 귀신을
읽었음

반복하는 인간은
아주 멀리서 보면 커다란 체크무늬 같다

꿈속에서도 시인입니다만 2

당신은 꿈속에서도 시인이지만
언제나 시를 쓰는 것은 아닙니다

쓰지 않는 날이 많고 아주 가끔 시가 당신을 씁니다

무의미한 책상 앞의 나날들
책상에 엎드려 꿈꾸는 것이 더 시적인 사건

시인이 됐다고 해서 행복해지는 것은 아닙니다
(시인이 되는 것이 꿈이었는데 말이죠)

행복은 복합터미널 같아서
부산행 버스처럼 직접 찾아서 느껴야 합니다
간혹 부산행 버스가 당신 앞에 와서 서는 일도 있지만
그런 일은 드물고

출발 시각이 코앞인데 비어 있는 발매기가 없어 발을
동동 구르고

1번 플랫폼 옆이 2번이 아니라 왜 13번인지
당신이 알았던 것들이 소용없어지고

당신이 탄 버스가 부산행이라는 믿음만이
당신을 부산으로 데려다줍니다

행복엔 잘잘못이 없고 계속하면 됩니다

세 번의 좌절보다
한 번의 도약에 기뻐하며
무뎌지는 감각을 거스러미처럼 뜯어내며

하지만 밤새워 킥킥거리던 일이 더는 흥미롭지 않다면
최초의 호기심마저 날아가 버린 궁금증처럼
킁킁거려도 맡아지는 게 없다면

언제까지 꿈만 꿀 수 없는 노릇이고
당신은 꿈속에서 시인이었던 당신을 따라 하기로 합니다

42

> [Alt] 작은 것을 더 작게 말하기
> [Shift] 본 것을 보지 않고 그리기
> [Ctrl] 속눈썹의 무게만큼 힘주기

당신은 이제 꿈속에선 시를 모르고
꿈 밖에서 시를 만지고 자르고 꿰맵니다

코로나 시대의 낭독회

바이러스는 사람을 통해
옮겨집니다, 둘러앉아 주의 사항을 읽는다

사람만 아니면 괜찮다는 얘기처럼 들린다

"이렇게 모인 게 얼마 만인지 모르겠어요"

치마 밑이 애써 비밀이거나
다 된 죽음에 코를 빠뜨린 유령들

"마스크를 쓰고 거리를 둡시다"

턱이 소실된 유령이 수어로 말한다
저는 가릴 입이 없는데요?

한 칸씩 띄워 앉은 유령들은
아직도 자신이 사람이라 믿고 있는 걸까

어떤 책은 한 권의 사람보다 길어서 영원히 끝나지 않고

물구나무선 유령이 마침내 넘어지며
두 발을 발견한다
온 세상이 검게 보인다던 유령이 색안경을 벗는다

우린 더 이상 사람이 아니라고
작년 봄에 죽은 눈사람이 비밀을 누설하는 동안

이미 4인을 넘긴 이 모임엔 가망이 없다고
구석에 중얼거리던 한 유령이
뒷문을 열고 사라진다

입장들

길 한복판에 자전거가 쓰려져 있다
이에 관해 지나가는 것들의
입장을 들어 보겠다

이젠 앞바퀴가 하는 말을 듣지 않겠다는군요, **뒷바퀴**

브레이크가 고장 난 건 아닐까요?
그러니까 제 문제는 아니라는 거죠, **체인**

달리지 않는 것이
고장이라는 건
다분히 실용주의자의 입장입니다, **무용론자**

잠시 누워 있는 거 아닐까요? **이제 막 일어난 사람**

잠시라기엔 좀 영원 같지 않아요?
영원이라기엔 잠시 같고요, **상대주의자**

여기 세워 두면 안 된대도 그러네, **관리인**

> 이게 왜 어기 쓰러져 있지? **잃어버린 지 사흘이 지나도 모르고 있던 주인**

자전거를 바라본다
만져 본다
혹시 쓰러진 것이 자신이 아닌가 의심한다

이 과정에 언어는 필요 없습니다, **시인**

결말들

뾰루지가 나서 피부과에 갔다
압출기로 짜내고 레이저를 쐬면 감쪽같을 겁니다

당신은 지워지고 뾰루지만 남을 거예요

침대에는 상처만 남은 사람들이 누워
존재감마저 지우고 있었고

*

이대로 두면 난폭해질 게 분명해

아이에게 빨간색이 묻었다고 믿는
여자는 논리적으로 생각해 봤다

빨강에 노랑을 섞으면 오렌지가 되고
파랑을 섞으면 순응이 되지

여자는 파란색을 가져오기 위해 매를 들었다

새파래저시 아이는
드디어 새파래져서 아이는

*

줄무늬, 점무늬, 격자무늬, 물결무늬,
빗살무늬, 민무늬, 반무늬,
반만 무늬, 반만 미래,
반미래, 미래에 반하는 미래, 미래가 아닌 미래,
미래가 아닌 미래의 미래,
조금만 미래, 조금 가까운 미래,
그래서 현재라는 미래

*

세상 모든
노래의 끝 음을 비커에 모았다
한 방울, 한 방울 좋은 결말이 되길 바라

> 비커가 가득 채워졌을 때
한 음이 연주되었다

2부

반려돌

돌을 기르기로 했어 동그랗고 매끄러운, 한 손에 쏙—들어가는, 한 개의 돌을 사랑하기로 했어 돌을 사랑하게 되자 주머니가 필요했어 필요는 사랑의 충분조건, 주머니도 사랑하게 되었어

주머니는 외투에 달려 있고 외투를 사랑하게 되면 외투를 입을 수 있는 날씨를 사랑하게 되고 날씨를 사랑하게 되면 내일을 기다리게 되는 연쇄 작용

설악산에 가면 흔들바위가 있대 매년 누군가 밀어서 무럭무럭 굴러갔다던 얘길 들은 것 같은데 아직도 흔들바위는 흔들거리고 나는 엄청나게 큰 인형(doll)이라고 생각했어

돌은 이목구비가 없고 스스로 돌아다니지 않고 인간을 흉내 내지 않고 나의 작은 돌은 나를 뭐라고 생각할까? 궁금하지만 돌은 생각하지 않고 끊임없이 구르고 멈추고 구르고 멈출 뿐

가끔 책상 앞에 앉아 흔들리는 인간을 보기도 한다

가장 좋은 저녁 식사

먹는 영상을 보고 있으면 같이 먹고 있다는 기분이 든다

간편식을 전자레인지에 돌린다
알림음과 함께 밥 냄새가 난다

꼭꼭 씹어 먹으세요
단백질 섬유질 탄수화물 순으로
이미 알고 있는 것들은 스킵, 스킵 건너뛰고

인간관계 또한 질기다면
부드럽고 하얀 부분만 골라서 김에 싸 먹는다

곁들일 가족 같은 건 없으므로 설탕을 꾹꾹 찍어 먹는다

차를 마실 땐 ⌕ 플레이리스트
책 읽을 땐 ⌕ 북튜브
외출 전엔 ⌕ 겟 레디 위드 미

그릇을 닦을 땐 브이로그를 본다

화면처럼 세제를 풀고 접시를
뽀드득 물로 헹군다

뭐가 씻겨 내려가는지도 모르고

혼자지만 혼자를
허락하지 않는 시대에서
가장 좋은 저녁 식사는 먹지 않는 것이다

배가 고프면 일찍 잠자리에 들 수 있고
그럼 조금만 살아 있어도 되니까

자는 동안 뒤척이는 모습을 녹화한다
아침이 알람을 시끄럽게
건너뛴다

화면 속의 나는 화면 밖 나와 함께

혼코노

외로운 날에 부릅니다
일본어를 잘 모르지만
혼코노
혼코노

여긴 혼자 와도 모릅니다
아무도 당신에게 신경을 기울이지 않는 것처럼

당신은 한국어를 잘합니까?
한국에서 태어났으니 당연하겠지만

한국어는 뜨거운 국물이 시원한 것만큼 이상합니다

여기 자리 있어요, 가
자리가 없다는 뜻도 있다는 뜻도 되니까요

그럼 여기 나 있어요, 는
내가 있기도 없기도 한 상태입니까?

그래서 왔습니다
혼코노
혼코노

자주 오면 단골이라고 하던데
여긴 무인 상점이군요

혹시 CCTV를 돌려 보던 주인이
저 사람 어디서 본 것 같다고 생각할까요?

그럴 리가요
전 오늘 처음인 걸요

사실 일본어는 잘 몰라도 됩니다
혼코노는 혼자 코인 노래방의 줄임말이거든요

한글과 영어가 섞인 글자의 줄임말이
일본어처럼 들린다니
이상하지 않나요?

> 아무렴 어때요
  이젠 아무도 부르지 않는 노랫말처럼
  그 일은 머릿속에서 지우겠습니다

  혼코노 혼코노

  동전만 될 것 같은데 의외로
  카드도 됩니다

비 오는 날의 다중 우주

우산을 쓴 사람이 지나간다: 비 오는 우주

우산을 쓰지 않고 지나간다: 아직 안 오는 우주

우산 없이 사람이 지나간다: 우산을 깜빡한 사람의 우주

이 순간 러닝을 하는 사람이 지나간다: 땀과 물의 구성
성분이 같다는 걸 아는 사람의 우주

창문을 열어 놓고 나온 사람이 지나간다: 창문이 스스
로 닫힐 리 없는 우주

창문이 스스로 닫힌다: 집에 누군가 있는 사람의 우주

우산을 써도 비를 다 맞는다: 우산이 미니어처인 우주

반은 내리고 반은 내리지 않는다: 비구름의 경계선에서
반반의 원리를 실험하는 우주

내놓은 배달 그릇에 물이 튀기지 않는다: 다 그친 우주

잠깐 좋다 말았네: 가난한 우산 장수의 우주

구조주의

형이 물에 빠졌다

수영을 배운 적 없는 형은
허우적거리면서 무언가에 잘 빠지곤 했다

모차르트의 아홉 번째 교향곡이나
짜게 먹는 식습관
다리 달린 수십 개의 소문

김 안에서 여러 재료가 어울려
김밥이 되듯
인생에도
조화가 필요하다고 말하는 형은

먹기 전 햄을 빼 버렸다

나는 햄이 무엇을 망치느냐고 물어보려다
남긴 햄을 먹는 것으로 조화를 실천했다

형은 선물에선 골격이
문장에서 어순이
사람에게선 뼈대가 중요하다고 했다

당연한 말 같았지만
형은 바로 그런 점을 조심해야 한다고 했다

사람들은 모르는 것을 알려 하지 않고
아는 것만 알려 한다고

그래서 형은 갓 데뷔한
아이돌의 노래를 들었다
새로 개봉한 영화만 봤다
이제 막 인쇄를 마친 책을 읽었다

그런데 형 지금 위험에 빠졌잖아요

물에 빠져도 할 말은 해야 한다는 형은
구조된 후에도 세상과의 균형을 이루기 위해

양말을 한 짝만 신었다

내가 젖은 양말 한 짝을 들고 찾아갔을 때

침대에 누워 있던 형은
두 명이 전부 누울 수는 없고
한 명이 누우면 반드시 한 명은 일어나야 하는
구조를 발견했다

나는 그것이 바로 원룸이라고 말하려다
형이 행복에 잠기길 바랐다

앰뷸런스 소리에 이따금 컵을 들여다보면
생각에 빠진 형이
기포처럼 떠오르고 있었다

반납

아무래도 책을 잘못 반납한 것 같았다
도서관에 전화를 걸었다

책 제목이 뭐죠?
도서관이요
네, 여긴 도서관이 맞아요
아니요 책 제목이요 책 제목이 도서관이에요

사서는 잠깐 기다리라고 했다
다행히 반납함에 있었다며
얼마나 많은 것이 도서관에 반납되는지 아느냐고 물었다

글쎄요, 나는 매일 집에 나를 반납하긴 했다
얼마간 음악에게 귀를 빌려주기도 했다

일기장과 필통, 커터 칼과
받는 사람이 흐릿해진 연애편지?

사서는 어젠 한 사람의

인생이 통째로 반납되어 있었다고 했다

이건 도무지 감당되지 않는 것이라
찾아가라고 전화했더니
그런 사람은 어디에도 없더라는 것이다

나는 그 사람의 이름을 물어봤다

도서관이요
네? 도서관이요?
그 사람 이름이 도서관이라고요

도서관이란 이름을 가진 사람의 인생은
대체 몇 페이지의 책으로
이뤄져 있을지 가늠이 되질 않고
얇아도 무게가 있어 들고 다니진 못할 것이다

반납함을 깨우는 쿵 소리를 뒤로하고
모레쯤 찾으러 가겠다고 전하자

사서는 언제든 좋다고 했다

그러나 이것은 지난달의 일이고
나는 아직 도서관에 가지 않았다

언젠가 왜 도서관을 찾으러 오지 않느냐고
연락이 온다면 이제 그런 사람은 여기에
살지 않는다고 해야 할 것이다

정리하지 않은 게 정리

2.

마음먹고 시작하지 않는 게 좋을 거예요

하기 전부터 하기 싫어질 테니까
앉은 자리에서 손을 뻗어
닿는 것들을 치운다

사용하고 그 자리에 둔 관계
버리지 않은 휴지 조각
가끔은 식탁 위에 칫솔처럼
이게 왜 여기 나와 있지? 싶은 것들

그때그때 치우는 사람은 이해하지 못한다
얼마간 쌓인 뒤에야 치우는 사람을

비극은 휴지통이 절반만 차도 불안한 사람이
　가득 차도 아직 여유가 있다는 사람을 사랑해서 시작
된다

1.

가까운 거리는 전동 킥보드로 이동한다
사용이 끝나면 그 자리에 놓는다

사람들이 사용한 흔적이
건널목과 전철역 입구에 가득하다

그런데 가끔은 양화대교 중간에 멈춘 킥보드처럼
이게 왜 여기 나와 있지? 싶은 것들이 있고

3.

언어는 생활 전반에 영향을 미칩니다

오해와 다툼과 싸움이
같은 뜻이라고 말하는 사람은

말에도 창문이 있고 먼지가 쌓인다는 것을 모른다

실어증을 앓는 사람은 쓰레기를 버리려다
쓰레기통까지 버린 사람이다

조리 있게 말하는 사람은
생각을 옷걸이에 색깔별로 정리한 사람이다

말이 없는 사람은 너무 많은 침묵에 둘러싸여 있다

침묵에도 환기가 필요하지만 어디서부터
시작해야 할지 모르겠군요

때론 정리하지 않은 게 정리랍니다
보이는 문장을 집어 들었는데

프랑스 댄서

— 이름은 요한

절제 벽을 사이에 두고
앉아 있는 사람들 사이에서

한 남자가 춤을 추기 시작한다

왜 우리는 눈이 마주치면
영혼이 사로잡힌 듯 움직이지 못하는가
눈을 감았다 떠도 아직 나를 쳐다보고 있다면
이건 어쩜 신의 장난일지도

신의 배려로 그가 벽을 타고 넘어와
앉아 있던 사람들을 조금씩 뒤로 밀기 시작한다

무대가 앞이라는 상식을 전복시킨 것이다

*

프랑스 사람들이 전복의 내장까지
요리해서 먹는지는 모르겠지만

나는 무용수에게 다가가 이름을 물어봤습니다

그는 요한이라고 했습니다
한국에서도 종종 발견되는 이름

나는 수많은 한국의 요한들과 호형호제하지는 않았지만
엠마가 될 가능성쯤은 열어 두고 있었습니다

그가 현대 무용의 거장은 아닐지도 모르지만
나에겐 앞선 사람이라고

나는 신도 아니고, 뭣도 아니고
무대 뒤에 앉아 있다가
엉거주춤 뒤로 더 밀려난 사람일 뿐이지만

우리가 멋진 무언가를 함께 할 수도 있을지 모른다고
말하고 싶은 용기가 생겼습니다

나는 작가입니다
올해 말에 시집이 나옵니다
언젠가 당신과 함께 무대를 하고 싶습니다

(번역 중 · · ·)

Je suis un écrivain

Allez vous marier plus tard cette année

Je veux être avec toi un jour

구글이 번역한 문장을 읽는 그의 얼굴에
희미한 미소가 흘렀는지는 모르겠지만

우리 사이에 흐를 수 있는 것은 단 한 번의 포옹이 아니기에
퐁네프 다리에서 만나, 같은 농담이 아니기에

> *Je suis un écrivain*

Allez vous marier plus tard cette année

Je veux être avec toi un jour .

(번역 중 · · ·)

나는 아티스트다
올해 말에 시집을 간다
언젠가 당신과 함께하고 싶다

구글 번역기는 poetry을 marry로 전복시킨 것이다
이건 어쩜 신의 개입일지도

*

요한은 올겨울 내가 결혼하는 줄 알고 있다
나는 이미 결혼했다

신의 농담으로 꽤 오래전에

이 모든 걸 지켜보던 당신이
뒷장을 넘기며
이 시의 마지막 등장인물이 된다

숨바꼭질

아침부터 아내는 냉장고를 닦았다
안에 있는 것들을 바닥에 늘어놓고
깊숙한 곳을 닦기 위해 몸을 밀어 넣었다

냉장고에 들어간 아내는 내가 퇴근한 후에도 나오지 않
았다

편한 옷으로 갈아입고 나왔을 때
아내는 거실이 왜 이렇게 춥냐며
어느 계절에 입어도 어색한 미소를 짓고 있었다

그 후 아내는 곧잘 사라졌다

일요일, 서랍으로 들어간 아내를 컵 안에서 발견했다
새벽, 욕조에 들어간 아내가 젖은 택배 상자에서 나왔다
4시 15분, 소설 속으로 들어간 아내는 '꿈은 지독한 현
실'이라는 문장 위에 누워 있었다

찾는 것을 포기하고 벽에 걸린 결혼사진을 쳐다봤다

못 찾겠다, 꾀꼬리를 외치자
사람들의 표정이 조금씩 일그러졌다

어젯밤 아내는 나를 액자에 넣었는데
구겨진 책을 소리 나게 덮었는데
덜 닫힌 방문을 잠갔는데

문고리가 돌아가기 전에 서둘러 액자 속으로 걸어 들어
갔다
액자 안에서 거실을 쳐다보고 있을 때
누군가 어깨를 건드렸다

뒤를 돌아보았다
이미…… 액자 속엔 내가 많았다
아내가 얼마나 오래 나를 숨겨 온 건지 알 수 없었다

상한 두부 한 모

구멍이 숭숭 나서 헤집었다
알아보지 못하도록 얼버무렸다
마음이 마음의 내용량보다 커져서
밖으로 튀어나왔다
작아질 수 있는 기회를 놓쳤다
그렇게 놓치고 떨어트려서 잘게 부서졌다
낱낱이 된 감정을 조립했다
맞지 않는 퍼즐처럼 어떤 조각으로도
대체되지 않았으면, 치졸했으면,
못 고쳤으면!
케이크처럼 하얀 두부에 얼굴을 파묻었다
숨이 쉬어지지 않았다
여긴 너무 하얘서 두 눈이 멀어 버릴 것 같다
여긴 너무 좁아서 한 발도 움직이지 못할 것 같다
내가 만든 두부에 초대하지 않을 테니
걸어 들어오지 않기를,
끝끝내 출구를 몰라서 헤매기를,
그래서 세상에 감옥이 아닌 곳이 없기를
마음은 아주 더디게 천천히 상해 왔다

식탁 위에 상한 두부 요리 같은 것을 만들었다

비상구

당장 이 기분에서 빠져나가고 싶다면 그려야 했다

초록색 화살표와
달리는 사람의 이모지

유기농 엄마

옆집 아이가 초인종을 누른다
제가 좀 심심해서요

아이는 책상 위에 쌓인 잡동사니를 만지며
뭐에 쓰이는 물건인지 물어본다

신기한 게 많네요
아이는 이 집에서 제일 신기한 것이
자신이라는 것을 모른다

다음 날도 옆집 아이가 초인종을 누른다

이제 아이는 잠이 오지 않는다거나
병뚜껑이 열리지 않는다는 이유로도 찾아온다

아이를 위해 유기농 주스를 산다
방을 환하게 꾸미고 편하게 입을 옷을 준비한다
자고 가는 건 어떻겠냐고 묻는다

찬 바람을 사랑하는 계절이 오고
아이가 놀러 오지 않아
옆집 문을 두드린다

이제 막 잠에서 깼는지
부스스한 얼굴을 한 여자가 문을 열고 나온다

여자가 자신은 아이가 없지만
잠시 들어오겠냐고 한다

여자의 집은 신기할 정도로 잡동사니가 많다
그중 어떤 것은 갖고 싶지만
아이 없는 집에
머무르는 것이 어색해
그만 가 봐야겠다고 일어선다

여자가 마시고 가라며 유기농 주스의 뚜껑을 따 준다
편하게 입을 옷을 주고 동화책을 읽어 준다
부드럽게 머리카락을 빗겨 주며

왜 이제 왔냐고 한다

집에서 누가 나를 기다리고 있는 것 같은데
누구인지 기억은 나지 않고
눈꺼풀이 무거워진다

더 늦기 전에 집에 가야 하는데
방금 나를 찾는 목소리를 들은 것 같은데

수중 생활

아침을 가방에 주워 담을 때
나는 무한한 서랍이었는데
잎이 데쳐진 청경채 같은 것이었는데

한 발을 들고 한쪽 눈을 감고
지루함에 빠진 사람의 생활을 구하기 위해 물을 마셨다

진저에일 토닉워터 크림소다
분다버그,
전부 외국 물이잖아

좀 더 한국적인 건 없어? 숭늉……!

밥을 물에 말아 먹으면 미끄러지는 기분이 들었다
지느러미 같은 게 돋아날 리 없지만

퉁퉁 부어 있는 심장을 꺼내
드라이기로 바짝 말리면 외출도 가능했다

아이들은 친수성이라 슬퍼도 울고 기뻐도 운데
어쩌면 울지 않으면서부터
고장이 나는 걸지도

우는 법을 빗방울에게 다시 배우기로 했다
비는 맞아도 아프지 않으니까

훌쩍 젖을 수도 있고 후드득 도망칠 수도 있고
엉, 엉, 엉 끄덕일 수도 있었다

그래도 제일 좋은 방법은
물 묻은 슬리퍼처럼 연거푸 벗겨지는 것
울음에서 첨벙첨벙 걸어 나오는 것

콧물이 멈추지 않는다
월요일을 닦는다
안경을 벗으면 글씨가 흐리게 보인다

마른하늘이 그려진 우산을 편다

더는 나빠질 게 없다

네모 없는 미래

네모를 접으면 네모
세모를 접으면
세모

뚱뚱해진, 더 이상 접히지 않는 오후 3시를 펼치면 내
가 되는 시간

이불을 걷어차고 마루에 누워 자는 아이를 펼치면 밤
이 되는 시간

보름달을 접으면 반달
둥근 사과를 접으면
둥근, 은
사라진 사과

원은 접으면 접을수록 원으로부터 멀어지고
시간을 반으로 접을 수 있다면 지금 여기, 먼저 와 있
는 미래를 찾을 수도 있을 것 같은데

> 듣고 있던 음악을 펼치자 굴러떨어진 것은
할머니의 스웨터 구름 무게 바위
잔뜩 찡그린 콧잔등

사람의 몸 중에 둥글지 않은 곳은 없고 마음을 접었다
펴면 왜 미운 자국이 남는지

웃어야 할 때를 모르고
일그러진 얼굴을 마주할 때마다 필요했다고

네모를 깨뜨릴 수 있는 용기가

3부

무한리필

한자와 영어가 반반 섞어 무시무시한
결과를 자아낼 것만 같은
이 단어는 자신을 과소평가하고 있다

네 글자를 선호하는 사자성어처럼

용호상박
청출어람
회자정리
정없다너

나는 입이 짧고 딱히 선호하는 부위가 없다
꿰다 놓은 보릿자루처럼 기쁨의 호응력이 부족하다

그래도 청소부에게 발자국을 제공하는 도둑처럼
꾸준하다는 인상을 주려고 했는데

삶에도 무한리필이 있다면
몇 번이나 다시 살 수 있을까?

줄 수 있는 것과 주고 싶은 것을 구분하느라
아무것도 주지 못했다고 변명하는
수전노처럼 마음을 양손 가득 쥐고 있었다고

백 원 모자란 계산법을 사랑하는
홈쇼핑처럼 고맙다는 말을 아꼈다고

매진임박
박리다매
솔드아웃
배불러서

더는 못 먹겠어, 물리기도 하고
이젠 오히려 손해 보는 느낌이야

본전을 뽑아야 한다지만
풀도 아닌데 왜 뽑아야 하는지
잘못 난 사랑니 같아서 뽑아야 하는지

사주팔사
생년월일
학수고대
아임쏘리

오늘 생일 약속엔 못 나올 것 같다는 연락이 왔다
내가 나를 무한으로 사랑할 수 있는 기회가
주어진 거라고 생각하자

아낌없이 주는 나무가 소년에게
과일과 그늘과 몸통을 다 내주고 밑동만 남은 것처럼

나는 아주 조금 남았지만

자는 동안

구름의 전원이 꺼지고 목조 건물이 지어진다 TV가 뒤척거리고 슬라이스 된 레몬이 순해진다 우주의 모서리가 좀 더 둥글어진다

세계에는 잠자는 시간이 아까운 사람도 있고 잠이 부족한 사람도 있고 이 순간, 잠잠해지는 오이도 있다

곡선 모양의 잠을 얇게 잘라서 그 단면을 들여다본다

잠은 얼굴이 있고 목적이 없고 1분마다 신발을 갈아신는다 발자국이 눌린 베개 자국만큼 다양하다

꿈을 꾼다는 건 좋아하는 발자국을 모으는 일이야

뛰는 꿈   떨어지는 꿈   웃는 꿈   우는 꿈

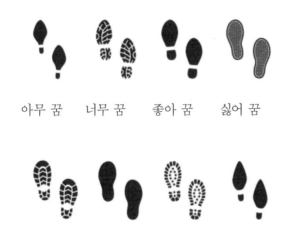

아무 꿈　　너무 꿈　　좋아 꿈　　싫어 꿈

잎사귀 꿈　　낙엽 꿈　　같은 꿈　달라도 너무
　　　　　　　　　　　　　　　　　다른 꿈

엄마는 낮에 자면 밤잠을 설칠 거라고 하지만 낮잠이
좋다 바삭한 생각을 덮고 눈을 감는 게 좋다

창문에 걸어 둔 햇볕이 부드러워진다 컵 안의 얼음이
생각에 잠기면 물 밖으로 걸어 나갈 수 있다

들고 가는 사람

손에 물건을 들고 다니는 사람이 많아졌다 자신에게 아주 소중한 무엇이라도 되는 양 품에 안고 다니는 사람들이 바나나를 들고 가는 사람, 달걀 한 판을 들고 가는 사람, 포도송이를 들고 가는 사람, 컵라면을 차곡차곡 쌓아서 들고 가는 사람, 들고 갈 것이 없어서 자기 자신을 들고 가는 사람까지

저 사람은 아침마다 바나나를 먹으며 출근 준비를 하겠지, 저 사람은 가족이 많아 달걀 한 판 정도는 금방 소진될 거야, 저 사람은 포도를 참 좋아하는구나, 컵라면을 사 가는 이의 가스레인지는 깨끗하겠지, 자기 자신을 들고 가는 사람은 끝내 자기 자신을 떨어뜨리겠구나

곧 한 사람이 다가와 제가 도와 드릴까요? 함께 나눠 들겠구나 집 앞에 다다라서는 도와 주셔서 감사해요 양손 가득한 자신을 한 움큼 떼어 주겠구나 제가 받아도 될까요? 망설이던 사람은 어느새 주머니란 주머니를 전부 꺼내겠구나 전 드릴 게 없어서 어떡하죠? 머리를 긁적이겠구나 괜찮아요 뭘 받으려고 드린 거 아니에요,

＞ 그렇게 조금 가벼워진 채로 집에 도착했는데 이미 집엔 바나나도 달걀도 컵라면도 모두 있고 당신을 만난 뒤로 무언가를 사 들고 오지 않은 날이 없다고 마트에서 보내는 시간이 길어졌다고 두리번거리는 습관이 생겼다고 그렇게 자기 자신을 나눠 준 일 이후로

과대 포장

포도는 서로 붙잡고 있는 과일입니다
떼어 놓기 미안하다면 비닐로 싸 놓으세요

봉지 안에서 포도알은 충분한 이별 숙려 기간을 가집
니다

정육면체와 손잡이는 케이크의 형식
겹겹의 비닐은 꽃다발의 형식
상자 안의 상자 안의 상자는
서프라이즈의 형식

가끔은 비닐 안의 호박처럼
포장이 내용의 생김새를 결정하고

호박이 비닐을 넘어서지 못하고 자랍니다
나는 나를 넘어서며 자랐는데요

뜯자마자 흩어진 포장 안의 질소나
묶을 때마다 달라지는 리본처럼

어떤 건 열어 보지 않아도
이미 알 수 있다는 믿음으로
급기야 사람은 자기 자신을 포장합니다

어떤 의미에서든 물건이 되려고 했기 때문입니다

지구 젤리의 지구가 알맹이가 아니라
껍질에 그려진 포장인 것을 알았을 때

나는 문득 지구의 본질이 무엇인지 궁금해졌지만요

덕수궁에 왔다가 들어가지는 않고

덕수궁 돌담길을 함께 걸으면 헤어진다는 얘기가 있다

궁금해서 걸어 보았다

덕수궁에 왔다가 입장료 있으니 들어가지 말자는 사람과
실은 가고 싶은 곳이 창덕궁이었다고 하는 사람과
그걸 왜 인제 와서 말하냐는 사람

길게 이어진 돌담길을 걸었다

여긴 정말 걷기 좋고 돌들도 이렇게 예쁜데
오래된 성당 건물도 보이고
좌판에 아기자기한 소품들도 파는데

헤어지기도 좋아서 사람들이 걷고 있었다

사실 덕수궁인지 창덕궁인지 그게 뭐가 중요하겠어
좋은 사람인 줄 알았던
네가 더 이상 좋은 사람이 아니고

모자의 시원함과 팔찡의 따뜻함을
좋아하던 우리가 더는 걷고 싶은 계절이 없고

덕수궁에 왔다가 들어가지는 않고 돌담길을 걸었다

하나로 시작해 둘로 끝나는 이야기도 좋지만
둘로 시작해서 하나로 끝나는 이야기도
나쁘지 않지 않으니까

덕수궁이 보이니까 들어가 보자는 사람과
꼭 가 보고 싶은 곳이었다고 말하는 사람과
그걸 이제라도 알게 되어 기쁘다는 사람이

차례로 내 곁을 지나갔다

심은 꽃

빨간 철쭉 사이에 흰 철쭉이 한 움큼 피어 있다

심은 사람도 4월을 펼쳐 보기 전까진 몰랐다
가운데가 하얀 물음
물음, 물음

그건 꼭 날아온 공의 종류를 알아내려고
깨진 창문을 관찰하는 일 같았다

야구공은 테니스공이 되었다가 돌멩이가
되었다가 축구공은 아니라는 결론에 도달했다

하양인 척 숨어 봤어요
너무 많은 빨강의 대답
대답, 대답

출입구의 키오스크처럼 혼자 있을 일이 많아졌다
거기엔 약간의 소음과 미지근해진 산책과
종종걸음 정도가 끼어 있었다

매일매일…… 심은 꽃이 나를 시나쳤다

봄이 다 망가져 버린 후에야
네가 던진 한마디에
마음이 깨져 버렸다는 걸 알았다

파꽃

대파는 뿌리 부분을 흙에 심고 물을 주면
자란 부분을 잘라 먹을 수 있습니다

나는 그렇게 하지 않았다
파 없이 끓인 뭇국을 먹었다

*

자췻집을 구할 때 엄마가 서울에 올라온 적이 있다
내려가면서 엄마는 파 한 단을 사다 놨다

어느 날 보니 줄기 끝에 하얀 꽃이 피어 있었다
혼자 살면 파에도 꽃이 피는 걸 볼 수 있구나

엄마는 몰랐을 것이다

*

파꽃이란 시를 쓴 적이 있다

엄마를 그리워하는 서정시였는데
코끝이 찡해지는 감수성이 나와 어울리지 않았기에
한동안 친구들이 놀렸다

오늘 점심은 파꽃 어때?

*

향신채는 외부로부터 자신을 지키기 위해
독특한 맛과 향을 가지게 되었다

그런데 몰랐다

인간이 좋아하게 되리라는 것은
특히 마늘에 있어 적당히, 를
한정 짓지 않는 민족이 있으리라고는

*

노새, 버새, 비팔로, 회색곰, 라이거, 타이콘, 레오폰,
망고자두, 피치애플, 샤인머스켓,
한라봉, 천혜향, 레드향, 황금향

인간들이 교배한 것 중엔 나도 있다

그래도 가끔 파꽃이 보고 싶긴 했다
내가 키웠던 무구한 식물

*

남은 파는 잘라서 냉동실에 보관하고
국이나 볶음 요리에 넣어 드시면 좋습니다

나는 이제 그렇게 한다
엄마에게도 알려 주었다

모조 꽃

화요일마다 동네에 꽃 트럭이 왔다 사람들이 꽃을 한 다발씩 사 갔다 "꽃을 소분해 놓으면 집 안 어디서나 꽃을 볼 수 있잖아요" 나는 꽃이 보고 싶으면 꽃을 사지 않고 꽃을 검색했는데

선물 받은 꽃이 일주일이 지나도 시들지 않았다 잎사귀를 문질러 봐도 생화인지 구분하기 어려웠다 시들지 않아 모조품인 걸 알았다 "시들지 않으면 언제든 꽃을 볼 수 있잖아요" 그런데 더는 보지 않게 되었다

동네엔 화요일마다 꽃 트럭이 왔고 나는 꽃이 보고 싶으면 검색창에 꽃을 입력했다

병원에 갔어요

병원에 갔는데 의사가 없었어요
의사도 병원에 갔거든요
어디가 아픈데요? 내가 물었고
잘 모르겠어요 간호사가 대답했어요
다행이었어요
병원엔 모르는 게 가득하고
모르는 건 창피한 게 아니었으니까요

정말 창피한 건 모르는 걸 아는 척하는 것
괜찮지 않은데 괜찮은 척하는 것
을 들키는 것
의사는 말했죠
당신만 그런 게 아니에요
누구나 조금씩은 다 그렇답니다

그럼 나는 조금 더 작아지고
약봉지에 들어갈 만큼 작아졌는데요
동그란 알약이 되어 부스러기만
남을까 봐 병원에 왔어요

> 의사도 아프면 꼼짝없이
병원에 가야 하고 약을 먹어야 하는데
그는 아픈 사람을 아주 많이 만나고
아프다는 말을 가장 많이 듣고
교통사곤가요? 누가 물었고
원래 좀 아팠다네요
누군가 대답했어요

이제 어쩌죠?
의사는 한참이 지나도 오지 않고
병원에 온 이유도 까맣게 잊은 나는
그를 걱정하는 마음으로
가득 찼는데요
창으로 들어오는 조그마한 햇볕을 쳐다보며
참 이상한 치료법이라고 생각했습니다

똑똑

화장실을 청소한다
문을 두드려 사람이 있는지 확인한다

똑똑

대답이 없어 물을 틀고 걸레를 적신다
수도꼭지를 잠그면 몇 방울이

똑똑

떨어진다

이건 물이 내는 소리지만 시에선
문을 두드리는 소리와 같은 소리가 난다

*

제법 똑똑하시군요
네? 그런 소린 처음 듣는다

> ~~똑똑~~하다는 것은 자신이 별로 똑똑하지 않다는 것을
아는 것이 시작입니다

기괴했다
헛바닥에 돋은 꼬리처럼
아무렇게나 둘러업은 희망처럼

아무리 찾아도 나에겐 없는 것

*

뚜껑이 달린 쓰레기통을 샀다

뚜껑을 열면 쓰레기가 보였다
닫으면 보이지 않았다
보이지 않으면 없는 걸까?

보이지 않는 것을 있다고 할 수도 없어서
뚜껑을 열었다 닫았다

계속해서
계속해서

이음새가 헐거워지고
뚜껑이 덜렁거렸다

마침내 무엇인가
내게서
똑
굴러떨어졌다

조건 가정

만약에 if,
이런 걸 가정법이라 한다면

그러니까 가정에서 일어나는 일들을 가정법이라 한다면
너는 물음표를 삼키고 묻는다

아빠가 둘이라면 어떡해?
고장 난 휴대폰이 엄마라면
형이 실은 형이 아니라 동생이었다면 말이야

그럼 좋지, 나는 대답한다

가정을 이루려면 몇 가지 조건이 필요하다

아랫입술이 거짓말로 물들었을 것
빌린 게 없어도 빚진 게
있을 것
서로가 심각하게 부끄러울 것

> 물려받은 것이 침대가 아니라
성격일 때 우리는 오래된 스프링처럼 딱딱해진다

뭉툭해진 마음으로 가정통신문의 빈칸을 채운다

우리 집에는 지켜야 할 법이 있습니다
받은 만큼, 겸허하게
돌려주는 것입니다

나는 천사에게 맞은 만큼 돌려줬다
컥컥거리며 받은 만큼 토해 냈다
부침개처럼 생긴 그것을 엄마에게 자랑했다

이것 보세요
제가 만든 가정식이에요
그런데 애야 전혀 먹음직스럽지 않구나

눈물, 콧물이 섞여 무슨 맛인지 모르겠다
그런데 가정에는 조건 없는 사랑이

넌 무해야 하는 거 아닌가?

나는 숟가락을 놓다 말고 물었다

우리가 가정을 이룬다면
그물망에 담아 둔 양파처럼 서로를 닮아 가자
썩은 곳이 있다면 한 겹씩 도려내면서

그럼 좋지, 너는 대답한다

네가 좋다면
나도 좋다

발 빠짐 주의

전철이 들어온다 타기 전에 조심해야 할 것이 많지만 **바빠짐 주의, 바빠짐 주의** 농구화와 로퍼가 누구의 발인지 모를 정도로 내리려는 사람이 타려는 사람과 뒤엉킨다 바쁠 땐 주의할 것이 많습니다 느리면서 조급함이 많은 사람은 더더욱,

나는 몇 명의 사람을 만원 전철처럼 보냈다 타라는 손짓에도 망설이다가 이내 놓쳐 버렸다 그렇게 전철 안의 사람이 하나둘 줄어들고 이젠 아무리 기다려도 오지 않는다 때론 혼자 걸어가는 게 더 나을지도 몰라

플랫폼을 벗어나려면 수십 개로 된 계단을 올라가야한다 이럴 줄 알았으면 평소에 스쿼트라도 좀 해 둘걸 어느새 인간관계에도 건너뛰기가 필수라는 걸 깨달을 때쯤 엘리베이터가 눈에 들어온다 엘리베이터의 어원은

모두 내리는 것, 삐 소리가 나면 탈 수 없는 것, 타기 전에 조심해야 할 것에는 엘리베이터와 마음이 있고 전철이 들어온다 **이번 역은 승강장과 열차 사이가 넓어** 외마디 비

명이 들린다·

　큰일 났어요 여기 사람이 아니, 발이 빠졌어요! 안전요
원이 호루라기를 불며 달려온다 발 빠진 사람은 바쁜 사
람이고 바쁜 사람은 외로운 사람이고 외로운 사람은……
멈춰 있느라 열차가 출발하지 못한다

유턴하는 생활

끼어들지 못해 부산까지 갔다는
옆 차를 앞차로
만들어 주고 정작
다른 사람의 마음에는
끼어들지 못하는 나를 생각한다

갈 곳이 사라지자 백지처럼 하얘진 도로에
뭐라고 써야 할지 모르겠다

이층 **버스**를 타고 싶었다고
콜럼**버스**처럼 외딴곳에 도착하고 싶었다고
그려 본 적 없는 캔**버스**에 써 내려간 이야기는 옴니**버
스**라고

교통 방송의 DJ가 말한다
도로에선 뭐든 빨리 결정해야 합니다
그렇지 않으면 사고가 나니까요

그제서야 기억난다

챙겼디고 생각했는데
막상 놓고 온 것들이 많다는 사실을
그중엔 나를 닮은 아이도 있고

　유턴의 유턴의 유턴의 유턴의 유턴의 유턴의 유턴의 유
턴의 유턴의 유턴의 유턴의 유턴의 유턴의 유턴의 유턴의
유턴의 유턴의 유턴의 유턴의 유턴의 유턴의 유턴의 유턴
의 유턴의 유턴의 유턴의 유턴의 유턴의 유턴의 유턴의
유턴의 유턴의 유턴의 유턴의 유턴의 유턴의 유턴의 유턴
의 유턴의 유턴의 유턴의 유턴의 유턴의 뉴턴의 유턴의
유턴의 유턴의 유턴의 유턴의 유턴의 유턴의 유턴의 유턴
의 유턴의 유턴의 유턴의 유턴의 유턴의 유턴의 유턴의
유턴의 유턴의 유턴의 유턴의 유턴의 유턴의 유턴의 유턴
의 유턴의 유턴의 유턴의 유턴의 유턴을 반복하면 제자리
로 돌아온다

　생활은 돌본 적 없는 것처럼 어질러져 있다

　어디부터 치워야 할지 모르겠어

나를 치우기 위해 차 키를 집어 들었는데

집에 가야 한다 생각하니
집에 가기 싫어진다
집에 가고 싶은 청개구리처럼 좌회전 신호에서

유턴한다

장소는 아직 태어나지 않았다
어둠은 이제 막 태어났다

뺑뺑이 맑음

사과를 돌려 깎으면 긴 사과 껍질이 생기니까
비밀이 길어지라고 일기장에 돌려 말했다

싫다는 누구나 그런 부분이 하나쯤은 있다, 로
좋다는 그래 보는 것도 나쁘지 않다, 로

돌려 말하는 것이 습관이 되면
실생활에도 활용할 수 있었다

㉠ 죽고 싶어요? → 목숨이 두 개예요?
㉡ 얼굴이 퉁퉁 부었다: 오늘 기분이 참 생선 같고 그러
네요
㉢ 바빠 죽겠는데 늦장 부린다면 쓸데없이 여유가 넘치
네…… 라고 중얼거려 보세요

사과는 빨간 게 맛도 좋고 몸에도 좋지만
돌려 말하기는 꼭 그렇지 않아서
다양한 방법을 사용할 수 있다

머리 흐트러트리기, 부재중 통화 남기기, 손톱 물어뜯기

얼굴의 앞면과 옆면을 동시에 표현하는 피카소나
나이프로 풍경화를 그린 후 참 쉽죠?
라고 말하는 밥 아저씨처럼
돌려 말하는 동안 우리는 화가의 정체성을 지닌다

혹은 과자의 성질을 흉내 내기도 한다

짭짤한 척, 달콤한 척, 바삭한 척
질소 많은데 질 수 없는 척

말에도 시간이 흘러
해가 뜨고 소나기가 내리고 구름이 잔뜩 낀다

오후에는 우산을 챙기라고
오늘은 야외 활동을 자제하라고
기상청은 날씨를 돌려 말하지만

무엇이든 끝내고 싶을 땐 끝! 이라고 해야 한다
끝은 돌려 말할 필요가 없기 때문이다

남은 부분

잠든 아이를 뱀이 물고 달아납니다
아이를 구해야 하는데
뱀이 무섭습니다

뱀은 한 글자로 이뤄져 있습니다

물과

　꿈과

　　문과

　　　새와

　　　　꽃과

　　　　　쥐와

　　　　　　손과

　　　　　　　책과

　　　　　　　　달과……

수북한 글자 속에서 아이를 찾습니다

아이는 빛으로 이루어져 있고

눈치럼 똘똘 뭉쳐 있고
쇠처럼 무겁습니다

아이를 주워 담기에는 주머니가 작아
몇 개는 남겨 두기로 합니다

죄와
악과
화와
불과
엿과
욕과
신과……

아이는 다친 곳 없이 무사합니다
우리는 꿈속에서 걸어 나왔습니다

이제 뱀이 남은 부분을 무서워하기 시작합니다

4부

죽은 나무 심기

화단에 인부들이 나무를 심는다

썩은 뿌리를 파내고 다 심은 후엔 호스로 물을 준다

저 자리는 나무가 계속 죽는 자리인데
나무가 나 대신 죽고 있다

죽은 것을 심어 본 적 있다
뭐든 심으면 열매가 되어 열릴 거라고
믿었기 때문이다

그런데 죽은 것이 죽은 채 태어난다면
창문을 열기도 전에 유리로 된 미래는 깨질 것이다

바늘을 심어 소도둑이 된다
세 살을 심어 여든 살이 된다
얌전한 고양이는 심지어 부뚜막이 된다

나를 심었더니 내가 되었다

왜 다른 게 되진 않고?

심지 않는다면 아무것도 열리지 않을 것이다

저 자리는 나무가 계속 죽는 자리인데
오늘은 나무 대신 내가 죽었다

건널목을 건널 때 손을 번쩍 들면
차가 멈춰 선다고 믿는 아이처럼 손을 들고

나를 건너려던 죽음이 잠시 주위를 두리번거렸다

밤은 곧 뿌리 뽑힐 것이다
아침을 발견한 사람들이 웅성거린다

새로움과 거리에 관한 하나의 견해

가끔은 오래된 게 더 새것 같아 보입니다

어릴 적 듣던 음악이 복고라는
이유로 돌아와요

경험의 유무가 새로움의 기준이라면
경험이 없으면 없을수록 우리는 새로워질 수 있습니다

일상이 지루한 이유는 더는 새로울 게 없어서입니다
경험이 많아서? 라고 한다면
경험한 것만
경험하려 해서 그렇다고 엄마가 말해 줍니다

일주일째 미역국만 끓이는
엄마가 할 말은 아닌 것 같다고 하자
네가 먹은 밥그릇은 네가 닦는 기적을 일으켜 보라고
합니다

알다시피 기적은 잘 일어나지 않습니다

드물게 일어난다는 면에서 보풀과 비슷하죠
하지만 보풀에는 끈끈한 애정이 묻어 있습니다
자주 입어 늘어난 알파카 마음은

죽은 고양이와 산 고양이가
동시에 존재하는 양자 얽힘을 떠올리게 합니다

같이 있지만 혼자 있다는 느낌
가족인데 남보다 못한 것 같은 기분

이건 내 얼굴을 떠나 네 얼굴 위로 옮겨 간 점처럼
도무지 설명되지 않는 겁니다

새로움은 설명이 어려워요
기존의 것을 참고하지 않기 때문이죠

그러니 풍덩 빠져야 합니다

모짜렐라를 넣은 미역국으로

악몽을 한 꼬집 뿌린 이야기 속으로

카프카가 사라진 그레고리 잠자 속으로

신인과 대가

매해 태어나는 작가는 많았지만 죽음까지 알려지는 작가는 적었다 태어난 사람은 죽는다는 이 공공연한 진리는 부고란에서 다시 살아났다 신인은 새로웠지만 누구나 한 번밖에 할 수 없다는 이유로 공평했다 누군가는 오래 하고 싶었고 누군가는 그만하고 싶었지만 이제 누군가는 하고 싶어도 할 수 없었다

신인에겐 가능성이 잠재되어 있었지만 대부분 발휘되지 못했다 매번 가능성에 시달리던 어느 신인은 언젠가 자신의 이름을 가능성이라고 바꿈으로써 주목받았지만 그것도 잠시였고, 계속 살아남아 중견이 되고 마침내 대가가 된 신인은 매우 드물었다

이는 입구가 좁으니 목이 긴 자는 기다리지 못하고 돌아간다는 병목 현상으로 설명되었으나 실제로 대가들의 목 길이를 재 봤다는 사람은 없었다 대가는 완곡하게 표현해 푸르스름한 노른자처럼 완숙했지만 한 번도 문지른 적 없는 사포만큼 거친 입을 빌리자면 이미 했던 소리만 되풀이하고 있었다

＞ 대가에겐 작품이라는 과거가 있었기에 미래조차 과거
형으로 표현하길 즐겼는데, 그에게 가능성이란 앞으로 일
어날 일이 아니라 이미 일어난 일에 내려지는 상패 같은
것이었다 한 시상식에서 그는 이제 막 등단한 신인의 수상
소감을 들으며 거의 눈물이 날 뻔했다 하지만 그건 순전
히 기분 탓이었고 정작 흐른 것은 콧물이었다

과일 교도소

딸기는 이곳이 처음이다
그건 오렌지도
마찬가지
포도는 일주일 전에 수감되었다

딸기는 자주 죄를 짓는다
분명 있었는데
사라지니까
마음이 사는 세계와 닮았다

머리가 하얀 딸기의 꼭지를 따고
세계의 가장 심심한 부위를
꾹꾹 짓이긴다

마음은 날씨의 영향 아래 있다
비바람에 떨어지지 않게 해야 한다

딸기의 우울함과 오렌지의 예민함과 포도의 소심함을
끓인다

끈적하게 졸여지면 크래커에 얇게 펴 바른다
슬픈 감자처럼 200g을 충분히 먹는다
도드라진 세계가 평평해지고 있다

어제 만든 잼 옆에 **터지기 일보 직전입니다**
라벨을 달고 오늘의 기분이 놓인다

빈 유리병은 세상에서 가장 작은 교도소

상한 귤이나 깎아 놓아 갈변된 기분을 기다린다
가끔 미움 달린 모자를 쓰고 토마토가
찾아오기도 하지만

어서 와,

여긴 아직 남은 방이 많다

탈의실

맨몸이 되면 우리는 잠시 평등한 것처럼 보인다

마음을 벗어 넣을 수 있게
텅 비어 있는 로커

열쇠는 잠근 후 손목에 걸어 둔다

우리는 서로의 눈동자를 쳐다보다
바나나의 검은 반점처럼
뭔가 느끼는 색깔이
될 수도 있다

온통 노랗게 어려워질 수도 있다

알몸이 되면 우리는
가슴도 두 개 엉덩이도 두 개
눈도, 손도 두 개인 것 중에서 한 개인 것을 골라 몸속에
밀어넣는다

이제 우리는 너무 많은 과거를 실은 트럭처럼
도로 위를 미끄러지거나

줄무늬가 다 지워진 얼룩말처럼
본질이 잠든 곳으로 달아날 수도 있다

그리고 돌아와

야쿠르트와 음악 위에 걸터앉아
입고 싶은 것에 관해 얘기한다

덧니와 미소
무릎과 샌드위치
테니스와 간지러움

옷을 입고 저 문을 나서더라도
우리는 최대한 우리에게 가까워지기로

서로를 겹쳐 입은 어깨들

앨리스 나라의 이상함

—지금은 오월이니까
최소한 삼월보다는 덜 미쳐 있겠지

나는 나에게 크고 둥근 발을 선물했다
주문한 이도 받은 이도
나였다
발이 마음에 들어 했는지
모르겠지만 나는 흡족했다

만족스러울 때의 기분이란
돈가스와 닭튀김, 가락국수와 우동에
벌꿀 탄 커피를 합친 것

나는 오른쪽 버섯을 먹고 콩알만큼 작아질 수도
왼쪽 버섯을 먹고 한눈에 들어오지 않을 정도로
커질 수도 있었지만

흠뻑 젖어 있기로 했다
나도 모르게 축축해, 혼잣말했기 때문인데

분무기처럼 넓게 퍼지는 통에
피할 수 없었다

말리는 데에는 빨랫줄에 매달려
흔들리는 것만큼 효과적인 것도 없지만
요즘엔 베란다 확장이다
건조기다 해서
빨랫줄 같은 건 구시대의 유물이 되어 버렸고

자명종에게 한 시간을 오 분처럼 흐르게
해 달라고
부탁하는 편이 빨랐다
잠깐, 내가 시간에게 말을 걸어 본 적이 있던가?

귀가 없을 줄 알고 그랬다
그런데 삼월의 토끼처럼
쫑긋 세우고 있을 줄이야

하지만 잘못 알아들은 게 분명하다

오 분이 한 시간처럼 흐르고 있기 때문이다

나는 동전의 앞면을 뒷면으로 만들면서
다 쓴 문장을 지우개로 부수면서
시간을 죽이고 있다

시간이 죽는 바람에 모두에게
하루가 조금씩 부족해졌다
지각이 속출하고 배꼽시계가 식사 시간을 지나쳤다

소화불량과 두근거림, 불안증
과 불면증
과수면과 과호흡
과부하와 과보호

당장 저 목을 쳐라!
여왕의 명령으로부터 나는 달아났……다
이게 제발 꿈이라면 깨어나게
해 주세요

반쯤 잘린 소원이 녹에서 덜렁거렸다

깨고 싶으면 절대 깨어나지 못하고
깨어나기 싫어야 깨어날 수 있을 거라고
찻잔이 깨지면서 말했지만

크고 둥근 내 발이 알아들었는지 알 수 없었다

밀봉된 캔의 역사

편견을 시시각각 끄고 다녔다
밤새 켜 놓은 전등처럼

처음 만난 캔이 나를 딸, 이라고 불렀다

얘야, 어둠 속에서 뭐 하니?
물을 따르려고 하자 컵이 사라졌어요

캔 중에 공기를 담아 파는 것은 아직 없고
피가 물보다 진하다는 말은 소다 맛 침묵

다 비운 캔을 쌓아 두기엔
내 방이 좁아서
다른 방에 믿음, 사랑, 소망을 떼어 넣었다

그중에 제일은 사랑이라
깜깜한 방에서 걸어 나온 캔이
내 일기장 — **밀봉된 캔의 역사**를 읽고 있다

아빠는 뚜껑을 여는 방식으로 나를 사랑했고
더 많은 방법으로 나를 닫았다

베인 손가락에 밴드를 붙이고
담을 수 있는 것과
없는 것을 모두 담아서
뚱뚱해진 캔이 나를 흉내 내고 있다

주의: 안에 든 것이 뭔지 알 수 없음

콜라병에 담아 놓은 간장처럼
실수로 마셨다가 뱉으면
인생 전체가 검게 물들어 지워지지 않았다

내 머리 위에 뾰족하게 만져지는 꼭지를
누군가 스위치인 줄 알고 잡아당겼다

나는 꽤 견고한 편견이었는데

침묵에 가까운 일 미터

처음 만난 사람의 차를 타고 집에 간다 당신은 듣고 싶은 음악이 있냐고 묻는다 창밖으로 빗물처럼 간판이 미끄러지고 있다 당신과 나는 아는 사이도 아니고 모르는 사이도 아니고 친한 사이는 더더욱 아닌데 운전 중엔 서로를 쳐다볼 수도 없고 앞만 봐야 하는데 아무 말 없는 차 안은 지나치게 조용해서 어색함이라도 데려와야 할 것 같다

대화는 입 밖으로 튀어나오는 순간 상하기 시작하니까 나는 최대한 늦게 말하려고 했는데 침묵으로 거리를 잴 수 있다면 당신과 나 사이는 일 미터, 침묵이 동물로 태어날 수 있다면 눈먼 부엉이, 침묵에게 발가락이 있다면 털 슬리퍼를 신고 이런 고민은 하지 않을 것이다

라디오 틀까요? 라디오는 음악과 대화가 반반이니까 우리는 두 귀로 헤엄칠 수도 있다 침묵이 상어였다면 입을 삼켜 버렸을지도 모를 텐데요 당신이 쿡쿡 침묵을 깨뜨린다 금이 간 곳으로 뭐가 들이닥칠지 모르는데 짧은 빛이 아주 빠르게 우리 사이를 지나간다 방금 봤어요? 당신이 브레이크를 밟는다 검은 동물은 무사하다 까맣고 직선뿐인 도로에서 당신이 나의 침묵 속으로 걸어 들어왔다

세탁기 연구

네모 안에 둥근 속을 감추고 있다
비가 오는 날엔 잠들어 있다
세탁기를 깨우고 옷을 넣는다

세제 투입구를 열고 알칼리와 산성을 고민하다
중성 세제를 넣는다
옳고 그름 사이에서 인생은 대체로 이런 식으로 작동
하고

세탁물이 돌아가는 것을 본다

안을 들여다볼 수 있는 구조라니 얼마나 솔직한가!
좀 전엔 속을 알 수 없다고 하지 않았는가

그렇게 우리는 보고 싶은 것만 보고 듣고 싶은 것만 들
으면서 서로를 잘 안다고 생각한다

빨랫감끼리 싸우고 있다
때가 빠지는 중이다

이렇게 하나의 관계가 정리되면
아무것도 닦지 않은 한 장의 수건을 가질 수 있다

어느 나라에선 가족이 목욕한 물에 몸을 담근다던데
그건 그 사람의 때를 용서해야 가능한 일이다

매번 늦을 때
섭섭할 때
네가 어떻게 나한테 그럴 수 있을 때
우리는 새삼 용서의 어려움을 깨닫는다

다 된 빨래를 꺼낸다

서로 엉켜 있어 떼어 내기 어려운 이것을 포옹이라 불
러도 될까?
한층 복잡해진 마음을 털어 건조대에 넌다

양말 한 짝이 모자란다
지난번에도 한 짝이 사라졌으니

세탁기는 철저하게 균형을 주구하는 셈이다

책상 연구

어질러진 책상이 창의성을 높여 준다는 연구 결과를
보더라도
내 책상이 괜히 더러운 게 아니다

읽은 책과 읽던 책과
읽을 책의
조화로움

컵과 휴지로 쌓아 놓은 위태로움

위대한 결심으로 정돈되었지만
하루도 되지 않아 자발적으로 어질러진 책상을 보게
될 것이다

책상이 넓을수록 큰 작품을 쓸 수 있다는 생각은 수많
은 이면지에 의해 좁아진다

책상이 넓으면 더 넓게 어지럽힐 수 있을 뿐이다

잦은 환기와 빠른 도방을 위해
책상을 현관 근처에 비치하는 것도 좋지만
비좁은 현실로 인해 책상의 입지는 항상 어중간해진다

작가라면 모름지기 양면성을 지녀야 하기에

감성적인 글을 쓰는 작가에겐 철제 책상을
건조하고 냉철한 글을 쓰는 작가에겐
원목 책상을 권하는 바이지만

그것이 글의 매력을 증가시킬지 상쇄시킬지는 나의 관
심사가 아니며
정말 중요한 것은 의자라고 생각한다

독자 연구

작가는 작품을 쓰는 동시에 읽는 최초의 독자다
편집자는 작품에
관여할 수 있는 최전방의 독자다
책을 구매한 사람은 아주 고마운 독자다
도서관에서 책을 빌린 사람은
성실한 독자다

책을 훔친 독자는 경찰차를 조심하라!
책을 잃어버린 독자는 냄비 받침을 주시하라!

독자라는 것이 정말로 존재하는지
궁금하지 않을 수 없어 아침 일찍 서점에 갔다

점심을 먹고 와도 책이 이동한 흔적이 없다
저녁을 먹고 오면 상황이 좀 달라질까
싶었지만, 상황은
버섯이 아니라는 것을 안다

그렇다! 아직 책을 읽지 않은 사람은 미래의 독자다

다행히도 미래의 독자가 늘어나고 있다

발밑에 당도한 미래를 밟으며 집에 돌아오니
소파 위에 쩍 갈라진 책이 펼쳐져 있다
이해를 목적으로 하지 않지만
읽은 책을 읽고 또 읽는
독자는
우리 엄마다

악몽은 사적인 동물

기사는 41번 버스에서 내릴 수 없었다
내리려 할 때마다 손님이 탑승했다
운행을 마치고 나서야 알았다
꿈에서 내릴 수 없다는 사실을

버스 안에 갇힌 기린이었다

문제를 풀던 학생은 41번 답을 체크했다
답은 칠하자마자 지워지길 반복했다
드디어 답이 지워지지 않았을 때
42번 문제가 사라졌다

다음엔 뭐가 사라질지 알 수 없는 물개였다

남자는 생일 케이크 위에
마흔한 개의 초를 후— 불었다
초는 꺼지지 않고 타올라 케이크를 녹이고
탁자를 녹이고 의자를 녹이고
남자마저 녹이려 들었다

> 그는 소방관이었지만 호랑이 속에선 불길에 휩싸였다

41층에 사는 여자는 밤마다 잠을 이루지 못했다
악몽을 꾸느니 바람을 쐬고 돌아오는
편이 나을지도 몰랐다
버튼을 누르려 했을 때 엘리베이터가 사라졌다

불면증에 시달리는 고양이를 지속하는 중이었다

나는 슬프면 무는 개를 길렀다
상처는 시간이 지나도 사라지지 않았다
아물지 않아서 꿈속이란 걸 알았다
전등 빛 아래 물린 곳을 세어 봤다
마흔한 개를 모두 세는 동안 어른이 되었다

나는 피가 나도록 꿈을 긁기 시작했다

모자(속에 사는 사)람

모자 속에 사는 사람이 있다

살다 살다 모자 속이라니
좁거나 덥지는 않은지
어쩌다 들어가게 됐는지 알 수 없지만

그의 이름은 모자람이다

모자 속에 들어가 '모'를
떼어 놓으면
그는 자라는 중이고

'자'를 떼어 놓으면
어떤 편견에도 모람? 이라며 빗겨 나갈 수 있는데

그는 자신의 이름을 실현하려 모자 속으로 들어간 것일
까?

나는 외출하기 위해 모자람 씨의 모자를 찾았다

이 보자는 편하고 나에게 잘 어울리니까

누군가 내 머리 위에 살고 있다고 생각하면
전속력으로 뛰다가도
멈출 수 있으니까

나는 넘치지도 모자라지도 않게
모자를 사랑하는 사람이고

모자를 쓰고 모자 속으로 들어갔다

모자는 생각보다 아늑하고
깊어서 나를 잘 숨길 수 있었다

처음 만난 사람에게 좋은 날씨네요, 인사했다

좋은 것이 없다고 해도
좋다고 생각하면 조금은 나아지니까

모자람 씨는 나를 입고 외출했다

팔자 주름

어린 아이는 웃을 때도 구김 없는 얼굴이다

모호한 십 대를 지나 슬픔의 윤곽이 선명해지면 이후 기다리고 있는 것은 수많은 주름주름주름…… 같은 시간에 일어나 같은 세수를 하고 같은 자세로 같은 표정을 지은 하루하루하루……

매일 달랐다면 나라 여겨지는 많은 것들이 생기지 않았을 것이다

                              *

오징어를 썰고 있는 할머니가 말한다

"칼집을 넣으면 보기도 좋고 양념이 잘 배어든단다"

프라이팬 위에서 오징어볶음이 맵게 익어 간다
나는 시간이 골고루 잘 배어든 얼굴을 보면 이해받고 싶어진다

*

조카가 몸에 관한 책을 읽는다

뇌와 소화기관처럼 중요한 것들은 다 주름 잡혀 있다고
주름잡는다

그럼 내 얼굴에 있는 주름은
내가 점점 중요해지고 있는 거냐고 물어본다

　그건 웃을 때 생긴 주름이 아직도 얼굴에 남아 웃고 있
는 거라고 한다

초능력이 니체

— 우리는 어디에서 왔는가? 누구인가?
어디로 가는가?

더는 미루지 않고 니체를 읽어야겠다고 생각했다
페이지를 넘길수록 니체처럼 생각했다

그는 백오십 년 전에 존재했고
나는 신을 믿어 본 적도 없지만
최대한 현실을 긍정하며
한 번뿐인 삶을 살고 있다

꿈은 (명사가 아니라 동사)입니다
따라서 시인은 꿈이 될 수 없고
쓰는 것만이 꿈이 될 수 있다

니체가 말하는 초인이 되기 위해선
거쳐야 할 몇 가지 단계가 있다

1단계: 너는 마땅히 시를 써야 한다 (아직 안 쓰고 있음)

2단계: 나는 시 쓰길 원한다 (이젠 써야 하지 않겠음?)
3단계: 시에 흠뻑 빠져 몰두한다 (오, 수도꼭지라도 튼 줄)

내 초능력은 니체가 되었다

침대에서 일어나기 싫다, 니체라면 끙차
저 사람이 마음에 들지 않는다, 니체니까 응당
아무 일도 일어나지 않는 인생이 따분해서, 니체와 함께

봄을 들고 나섰다
시간이 맑은 콧물처럼 흘렀다
벚꽃을 뒤집어쓴 문장을 읽었다

🌸🌸　　🌸🌸
삶이 🌸🌸 영원히 반복🌸 된다 🌸해도
🌸지금🌸처럼 살 🌸것인가🌸🌸
🌸🌸　　🌸　🌸🌸

도르마무도 계속되는 반복 앞에선 무릎을 꿇었는데

니는 이제 믹은 떡볶이도 오늘 다시
먹고 싶지 않았다

바람을 타고 머리 위로 흩날리는 니체를 붙잡으며
잠시 투명해졌다

눈을 감고 가고 싶은 시간으로 도착했다

그곳엔 내가 마음에 든 시를 쓰고 난 후의
기쁨으로 가득했다
나는 그 시를 옮겨 적었다

니체를 읽어야겠다고 생각했습니다
페이지가 얇아질수록 니체와 가까워졌습니다

그는 백오십 년 전에 존재했고
나는 신을 믿어 본 적도 없지만

계속하는 세계

최선교(문학평론가)

원인과 결과가 완전하게 일치하는 진술을 생각해 본다. 맛있어서 맛있다. 좋아해서 좋아한다. 누워 있어서 누워 있다……. 가끔 원인과 결과는 서로의 꼬리를 물고 비슷한 얼굴을 할 때가 있다. 그럴 때마다 그것은 짜임새 있는 진술이라기보다 가장 근본적이며 단순한 실토에 가까워진다. 임지은의 세 번째 시집 『이 시는 누워 있고 일어날 생각을 안 한다』에서 수록 시 「눕기의 왕」이 사용하는 이상한 인과관계는 무엇을 충분히 설명하지 않는다. 그래서 움직이는 것은 하나도 없다. 처음에는 화자가 "누워 있었기 때문에" 이런저런 일들이 생기기도 한다. 곧이어 그는 "다른 걸 하려면 할 수도 있는데/ 안 하는"쪽을 선택한 이유를 고백한다. "왜? 누워 있으려고".

"그리하여" 그는 "시도 때도 없이 어디든/ 누워 있을 수 있게 된다". 누워 있었기 때문에, 누워 있으려고, 그리하여 누워 있다. 다른 목적에 봉사하지 않고 순수하게 누워 있는 행위 자체에 몰두하는 것은 과연 '눕기의 왕'이 취할 법한 자세이다. 그는 '아무것도 하지 않으면 아무 일도 일어나지 않는다'는 암묵적 위협에 꿈쩍도 하지 않는 것처럼 보인다. 이 명제는 그의 세계와 무관하므로 그에게 겁을 줄 수 없다. 다만 원인과 결과가 같은 표정을 지을 때 뚜렷해지는 것은 이유야 어쨌든 '나는 지금 그렇다'는 명백한 사실이다.

『이 시는 누워 있고 일어날 생각을 안 한다』.(시 「눕기의 왕」의 마지막 문장, "이 시는 지금 누워 있고/ 도무지 일어날 생각을 안 한다"의 변용이다.) 이 제목은 시집이 취하는 자세를 묘사한다. 비스듬히 모로 누워 있거나, 정면으로 천장을 바라보며 누워 있는 시를 상상한다. 누워 있기 위해서 누워 있는 것들. 누워 있고 싶어서 누워 있는 것들. 이치에 맞는지 궁리하는 사이에 이런 목소리가 들리는 것 같다. 나는 이것을 하고 있다, 왜냐하면 이것을 하고 있기 때문이다……. 이건 시집의 자세이기도 하지만, 시집을 읽는 사람이 따라 할 수 있는 자세이기도 하다. 간혹 시의 어떤 구절을 읽고 '좋다'는 마음이 불쑥 앞지르는 것을 보고도, 뒤따르는 이유를 찾지 못해 마음의 유효함을 의심하게 될 때가 있다. 하지만 매끄럽고 정교한 진술보다 이유와 결과가 다르지 않은 단순한 이실직고가 진실에 가까운 것이기도 하다.

아무 생각 없이 멍하게 있는 상태를 가장 충실히 유지한 사람에게 상을 주는 대회가 매년 열린다. 몇 년 전 이 대회에 참가했던 한 여성은 이렇게 말했다. "아무것도 하지 않으면 아무 일도 일어나지 않는다고 하는데, 아무것도 일어나지 않으니까 아주 좋습니다. 마음이 좋아요." 이때 '좋아요'라는 단순한 진심은 그것을 듣는 사람으로 하여금 무어라 대꾸하려던 입을 닫고 고개를 끄덕이게 한다. "엄마는 낮에 자면 밤잠을 설칠 거라고 하지만 낮잠이 좋다 바삭한 생각을 덮고 눈을 감는 게 좋다"(「자는 동안」). 바삭한 이불처럼 바삭한 생각을 덮고 눈을 감고 스르르 낮잠에 들면 얼마나 좋을까. 임지은은 좋은 걸 좋으니까 좋다고 말하는 시인이다. 마치 우리의 삶과 시도 언제나 그래야 한다는 듯이. 좋으니까 좋으면 충분하다고, 그것이 어떤 목적이나 결과로 이어지지 않더라도 된다고 말이다.

사람들이 둥근 것을 좋아해서
서울에는 원이 많다

학원 병원
식물원 동물원 유치원

(……)

사람들이 좋아해서
심은 나무와 좋아해서 잡은
생선과 좋아해서 데려온 동물이 하나씩 사라질 때마다

사람들에게 좋아하지 말라고 말하고 싶어졌다

시간이 원을 좋아해서
시계가 둥근 것이 아니듯
세상엔 좀 더 많은 모양이 필요하고

— 「식물원에 와서 쓰는 동물원 시」에서

　보통 한 현상이 그것과 다른 현상의 원인 혹은 결과가
되면서 우리에게 익숙한 인과관계가 만들어지면 이 형식
은 논리적으로 보이긴 하지만 많은 경우에 꼭 그렇지만
은 않다. 우리는 가끔 좋아한다는 이유로 얼마나 괴상한
결과를 만들어 내는지. 곰곰이 생각해 봤을 때 좋아한다
면 그럴 수 없는 일들을 어찌나 쉽게 허락해 버리는지. 이
런 일들은 "사람들이 둥근 것을 좋아해서/ 서울에는 원이
많다"는 말만큼이나 앞뒤가 맞지 않는다. 가벼운 우스갯
소리인 줄 알았던 이 시는 "사람들이 좋아해서"라는 이유
로 "심은 나무" "잡은 생선" "데려온 동물"을 "하나씩 사라"

지게 만든다는 대목에서 슬쩍 서늘해진다. 좋아해서 데려
온 것들이 결국 사라지는 일을 가만히 따져 보면, 이것 역
시 도입부의 '원'의 정체가 "학원 병원/ 식물원 동물원 유
치원"으로 밝혀지는 것처럼 어이없는 일이다. 그래서 화자
는 "사람들에게 좋아하지 말라고 말하고 싶어졌다"고 하
지만, 끝내 바라는 것은 "좋아해서"라는 이유가 "좀 더 많
은 모양"의 결과로 만들어질 수 있는 세계일 것이다. 좋아
한다는 이유로 심거나 잡거나 데려오지 않더라도, 그것들
이 사라지지 않게 만들며 내내 좋아할 수 있는 세계. 그리
하여 '좋아한다'는 이유가 반드시 어떠한 결과로 이어지지
않아도 되는 세계. 누워 있어서 눕게 된 시처럼, 좋아해서
좋아한다는 결론으로 끝나도 그만 괜찮은 충실한 안일함.

*

　그런데도 현실에서는 어떠한 결과를 기어코 생산해 내
야 할 때가 온다. 게다가 "다들 왜 이렇게 열심히 사는 거
야?"(「기본값」)라는 말이 절로 나올 만큼 현실의 기본값은
이미 보통을 넘어섰다. "보통이 보통을 넘어서고 있는 시
대에는 열심이 기본값이" 되었고, 억울하지만 보통이 되기
위해 열심을 내야 한다. 그럼 열심히 하지 말아야 하나?
그렇게 말할 것을 예상했으나 「기본값」이라는 시는 이렇
게 흘러간다.

괜찮지 말아요

뭐든 사랑해 버려요

—「기본값」에서

"괜찮지 말아요"와 "뭐든 사랑해 버려요"가 만나면서 사랑하는 것도 괜찮지 않은 일, 즉 보통이 아닌 일이 된다. "쏟아지는 시를 비처럼 맞으며 밤새 쓴 시를 소리 내 읽어"보는 것은 분명 열심이라고 부를 만한 마음이며, 괜찮지 않은, 그래서 사랑하는 마음이다. 사랑의 본질은 열심이고, 우리에게 보통이 아닐 수 있는 일이 있다면 무언가를 사랑하는 일뿐이라는 사실이 기억하게 한다. 조금 더 바란다면 너무 아프지 않고 "보통이 보통에서 멈추기를". 시인은 기본값이 변경된 세상에서 그렇게 산다. 열심이 기본값임에도 불구하고 시를 사랑하는 것이 아니라, 열심이 기본값이기 때문에 시를 사랑할 때 시인의 사랑은 세상의 문법을 자신의 것으로 전유하게 된다.

그래서 이 시는 "보통이 보통을 넘어서고 있는 시대"에서 열심을 그만두자고 말하지 않는다. "밥 먹고 시만 쓰"며 열심히 사는 이유는 "아파서, 시에 정신을 팔고 있지 않으면 아픈 것들이 너무 또렷하게 느껴져서"이기도 하기 때문이다. 하지만 시인은 만약 괜찮지 않을 정도로 열심인 것이 사랑이라면, 그것은 하겠다고 한다. 이건 세상의 기본값을 변경하는 일도 아니고, 그것에 타협하는 일도 아

니다. 다만 그런 세상에서 자신이 사랑하는 마음을 지키
며 사는 것이다.

외로운 날에 부릅니다
일본어를 잘 모르지만
혼코노
혼코노

여긴 혼자 와도 모릅니다
아무도 당신에게 신경을 기울이지 않는 것처럼

당신은 한국어를 잘합니까?
한국에서 태어났으니 당연하겠지만

한국어는 뜨거운 국물이 시원한 것만큼 이상합니다

여기 자리 있어요, 가
자리가 없다는 뜻도 있다는 뜻도 되니까요

그럼 여기 나 있어요, 는
내가 있기도 없기도 한 상태입니까?

그래서 왔습니다

혼코노

혼코노

기본값이 '혼자'이기도 한 세상에서 사람들은 "외로운 날"이면 혼자 코인 노래방에 간다. "외로운 날에 부"른다고 하지만 「혼코노」의 정서는 쓸쓸하지 않다. 오히려 명랑한 이 시는 '기본값이 혼자가 된 세상'에서 벌어지는 '의외의 일'에 관심을 두기 때문이다. 초반에 시인은 '아무도 당신에게 신경을 기울이지 **않기 때문**'이 아니라, "아무도 당신에게 신경을 기울이지 **않는 것처럼**"이라고 쓴다. '혼자'의 상태는 이미 이 세상의 기본값이다. 나를 향한 타인의 무관심은 처음부터 결정된 사실이다. 하지만 한국에서 태어나면 한국어를 잘하는 것만큼 "당연"한 이 사실에도 "이상"한 구석을 남겨 둔다. "여기 자리 있어요"라는 간단한 말조차 자리가 없다는 것인지, 있다는 것인지 분명하지 않기 때문이다. '혼코노'라는 말도 마찬가지다. "한글과 영어가 섞인 글자의 줄임말이/ 일본어처럼 들린다".

심지어 "동전만 될 것 같은데 의외로/ 카드도" 되는 '혼코노'가 품은 의외의 면들 때문에 '혼자'라는 상태를 해석하던 습관도 덩달아 자세를 고쳐 앉게 된다. 화자는 한국어의 중의성처럼 "여기, 나 있어요"라는 말이 "내가 있기도 없기도 한 상태"인지가 궁금하다. 한 가지 확실한 것은

'혼코노'는 "그래서" 가는 공간이라는 점이다. 그를 외롭게 만드는 것을 꼽으라면, 그건 그가 혼자라서가 아니라 오히려 "혼자지만 혼자를/ 허락하지 않는 시대"(「가장 좋은 저녁 식사」)에 살며 "있기도 없기도 한 상태"의 애매성을 견뎌야 한디는 점이다.

기본값이 1인인 시대에서 임지은의 시가 그리는 '혼자'의 상태는 이전에 알던 '혼자'와는 다르다. 유폐, 고립, 단절 같은 체감이 전부가 아니라는 뜻이다. 혼자 있을 때도 끊임없이 재생할 수 있는 "플레이리스트""북튜브""겟 레디 위드 미""브이로그"는 혼자를 돕는 세상의 발명품이다 (「가장 좋은 저녁 식사」). 그 순간엔 혼자 있지만 "먹는 영상을 보고 있으면 같이 먹고 있다는 기분이" 들기도 하고, 그렇다고 해서 완전히 같이 있는 기분도 아니다. "여기 자리 있어요"의 의미 같은 애매함. 이런 애매함은 그것을 설명해 줄 이전의 것이 없다는 사실을 반증한다. 한마디로 새롭다는 것.

임지은 시의 미덕은 이러한 상황에서 어떤 일관된 정서적 강요를 하지 않는다는 사실에 있다. 잘 설명이 되지 않는 느낌에 관한 것이라면, 차라리 그 애매함을 계속해서 반복하며 "마침내 무엇인가/ 내게서/ 똑/ 굴러떨어"(「똑똑」)지는 순간을 기다린다. 현실에 대한 해석은 현실에서의 실감을 언제나 한발 늦게 쫓아간다. 임지은의 시가 남겨 두는 애매성은 이 두 가지 측면 사이에 놓인 시차에서 발생한다. "새로움은 설명이 어려워요/ 기존의 것을 참고 하지 않기 때문이죠// 그러니 풍덩 빠져야 합니다"(「새로움 과 거리에 관한 하나의 견해」) 임지은 식으로 말한다면, 세 탁기의 세제 투입구 앞에서 "알칼리"를 넣어야 할지 "산성" 을 넣어야 할지 잘 모르겠을 땐 "중성 세제를 넣는" 선택 을 하는 것이다. "옳고 그름 사이에서 인생은 대체로 이런 식으로 작동하"(「세탁기 연구」)니까.

'혼자'라는 체감이 재구성된 세계에서는 '둘'의 관계 역 시 다시 설정된다. 「구조주의」라는 시는 "두 명이 전부 누 울 수는 없고/ 한 명이 누우면 반드시 한 명은 일어나야 하는/ 구조" 속에서 두 명의 인물이 엮어 가는 이상한 '구 조'를 그린다. 이 시에서 동음이의어인 구조(救助)와 구조 (構造)의 중의적인 의미는 이리저리 뒤섞인다. '형'은 건물 과 문장과 사람에게 중요한 것이 무엇인지 구조적으로 파 악할 만큼 넓고 멀리 볼 수 있는 사람이지만, 정작 자기가 위험에 빠졌다는 사실은 모른다. 화자에게 '형'의 거창한 깨달음은 "당연한 말"처럼 들리지만 그것을 구태여 반박 하지 않는다. 다만 그가 자신이 만든 구조 속에서 "행복에 잠기길 바"란다. '형'이 조화를 위해서 김밥에서 햄을 뺄 때 "햄이 무엇을 망치느냐고 물어보려다/ 남긴 햄을 먹는 것으로 조화를 실천"할 뿐이다. 시의 전반에서 '나'는 '형' 이 자신의 구조에서 제외한 나머지("햄" 혹은 "젖은 양말 한 짝")를 처리하며 둘의 구조가 완전히 무너지지 않는 뼈대를 만들어 나간다. 이때 '형'은 정작 이러한 구조가 형성되는 방식을 알아채지 못한다.

하지만 시의 말미에 이르러 (역시나 중의적인 의미에서) 내내 빠지기만 하던 '형'은 "기포처럼 떠오"른다. 결국 '나'는 애매한 방식으로 '형'을 구조하는 것처럼 보이기도 한다. 이 시에서 두 사람이 관계의 구조를 형성하고 결국 상대를 구조하는 과정은 1인분의 한 사람이 자신의 몫을 다 할 때 완성되는 것이 아니다. 그것은 누군가가 "남긴 햄을 먹는" 방식으로 완성된다. 상대를 구조하겠다는 완고한 의도나, "중요"한 구조를 완성하겠다는 결의 없이도 "굴러가면서 위가 아래가 되고/ 아래가 위가"(「발바닥 공원」) 되며 완성되는 구조주의. 아파서 병원에 갔지만 사라진 의사가 돌아오지 않아 그를 걱정하다가 "온통 그를 걱정하는 마음으로 가득"차는 바람에 병원에 간 이유(아픔)를 깜빡 잊어버리게 되는 "참 이상한 치료법"(「병원에 갔어요」)의 효력도 임지은식 마음의 구조가 작동하는 장면인 것이다.

*

돌을 기르기로 했어 동그랗고 매끄러운, 한 손에 쏙― 들어가는, 한 개의 돌을 사랑하기로 했어 돌을 사랑하게 되자 주머니가 필요했어 필요는 사랑의 충분조건, 주머니도 사랑하게 되었어

주머니는 외투에 달려 있고 외투를 사랑하게 되면 외투를
입을 수 있는 날씨를 사랑하게 되고 날씨를 사랑하게 되면
내일을 기다리게 되는 연쇄 작용

—「반려돌」에서

그렇게 관계와 마음은 예기치 못한 방식으로 연쇄하며
넓어진다. 고작 "동그랗고 매끄러운, 한 손에 쏙— 들어가
는, 한 개의 돌"을 사랑한 것일 뿐인데, 이 사랑은 주머니
와 주머니가 달린 외투를 사랑하게 하더니, "외투를 입을
수 있는 날씨"와 "내일"로 번져 간다. "이목구비가 없고 스
스로 돌아다니지 않"는 작고 딱딱한 무생물로부터, 아득
하게 넓어 손에 쥘 수 없는 "날씨"로 확장되는 사랑은 서
로가 서로의 조건이 되며 발생하는 "연쇄 작용"의 결과이
다. "이목구비가 없고 스스로 돌아다니지 않"는 돌멩이로
부터 다시 한번, 누워 있는 이 시집의 자세를 떠올린다.
움직이지 않는 것에서부터 시작하게 되는 움직임을 그려
본다.

시집을 여는 첫 시인 「사물들」에서 사물과 사물 사이의
관계는 '약속한다' '포옹한다' '사랑한다' '따라한다' 등의
행위로 연결된다. "사람은 고쳐 쓰지 말랬지만" 반대로 "몇
번이나 고쳐 쓸 수 있"는 사물의 세계는 (여기서도 역시나
중의적인 의미에서) 지우고 다시 쓸 수 있는 기회를 제공한
다. 시인은 "꿈은 [명사가 아니라 동사]"이며 따라서 "쓰는

것만이 꿈이 될 수 있다"고 쓴 적 있다(「초능력이 니체」).
'꿈'을 '시'로 고쳐 쓴다면, 쓰는 것만이 시가 된다고도 말할 수 있을까? 「사물들」에서 "투명한 창문에 입김을 불어"서 쓴 "오래오래 잘 사세요"라는 글씨는 시간이 흘러 뒷부분이 지워진 채 일부만 남는다. 그렇게 해서 남은 말은 "오래오래".

　안녕을 비는 동사가 지워진 자리에 들어갈 수 있는 말을 상상하며 이 시집은 출발했다. 그 자리에는 무엇이든 다시 쓸 수 있을 것 같다. 오래오래. '잘 사세요'라는 당부가 지워지면서 각자의 갈 길이 달라진 "복합터미널 같"은 "행복"은 "부산행 버스처럼 직접 찾아서 느껴야" 하는 것이 된다(「꿈속에서도 시인입니다만 2」). 임지은이 지우고 쓰기를 계속함으로써, 그래서 그의 시가 계속 누워 있기를 바람으로써 비로소 각각의 세계가 각자의 존재 방식과 완전히 일치하는 세계가 탄생한다. 당연한 말처럼 보이지만 어쩐지 당연해서 좋은 시의 세계. 티셔츠에는 "머리부터 집어넣는 티셔츠의 세계"가 있고, 빨대에는 "몸통이 구멍인 빨대의 세계"가 있다(「사물들」). '좋아하기 때문에 좋아하는 마음'도 덩달아 허락받는다. 이 시집은 우리에게 아름다운 자유행 티켓을 손에 쥐여 주며 이렇게 말하는 것 같다. "행복엔 잘잘못이 없고 계속하면 됩니다"(「꿈속에서도 시인입니다만 2」).

지은이 임지은

2015년 《문학과사회》 신인문학상을 통해 작품 활동을 시작했다.
시집 『무구함과 소보로』 『때때로 캥거루』, 에세이 『우리 둘이었던
데는 나름의 이유가 있겠지요?』(공저)가 있다.

이 시는 누워 있고
일어날 생각을 안 한다

1판 1쇄 펴냄 2024년 6월 14일
1판 2쇄 펴냄 2024년 8월 16일

지은이 임지은
발행인 박근섭, 박상준
펴낸곳 (주)민음사

출판등록 1966. 5. 19. (제16-490호)
서울특별시 강남구 도산대로1길 62(신사동)
강남출판문화센터 5층 (06027)
대표전화 02-515-2000 / 팩시밀리 02-515-2007
www.minumsa.com

ⓒ 임지은, 2024. Printed in Seoul, Korea

ISBN 978-89-374-0942-4 (04810)
      978-89-374-0802-1 (세트)

* 이 책은 서울문화재단 2023 창작집 발간 지원 사업의 지원을
  받아 발간되었습니다.
* 잘못 만들어진 책은 구입처에서 교환해 드립니다.

민음의 시

목록

001 전원시편 고은

002 멀리 뛰기 신진

003 춤꾼 이야기 이윤택

004 토마토 씨앗을 심은 후부터 백미혜

005 징조 안수환

006 반성 김영승

007 햄버거에 대한 명상 장정일

008 진흙소를 타고 최승호

009 보이지 않는 것의 그림자 박이문

010 강 구광본

011 아내의 잠 박경석

012 새벽편지 정호승

013 매장시편 임동확

014 새를 기다리며 김수복

015 내 젖은 구두 벗어 해에게 보여줄 때 이문재

016 길안에서의 택시잡기 장정일

017 우수의 이불을 덮고 이기철

018 느리고 무겁게 그리고 우울하게 김영태

019 아침책상 최동호

020 안개와 불 하재봉

021 누가 두꺼비집을 내려봤나 장경린

022 흙은 사각형의 기억을 갖고 있다 송찬호

023 물 위를 걷는 자, 물 밑을 걷는 자 주창윤

024 땅의 뿌리 그 깊은 속 배진성

025 잘 가라 내 청춘 이상회

026 장마는 아이들을 눈뜨게 하고 정화진

027 불란서 영화처럼 전연옥

028 얼굴 없는 사람과의 약속 정한용

029 깊은 곳에 그물을 남진우

030 지금 남은 자들의 골짜기엔 고진하

031 살아 있는 날들의 비망록 임동확

032 검은 소에 관한 기억 채성병

033 산정묘지 조정권

034 신은 망했다 이갑수

035 꽃은 푸른 빛을 피하고 박재삼

036 침엽수림에서 엄원태

037 숨은 사내 박기영

038 땅은 주검을 호락호락 받아 주지 않는다 조은

039 낯선 길에 묻다 성석제

040 404호 김혜수

041 이 강산 녹음 방초 박종해

042 뿔 문인수

043 두 힘이 숲을 설레게 한다 손진은

044 황금 연못 장옥관

045 밤에 용서라는 말을 들었다 이진명

046 홀로 등불을 상처 위에 켜다 윤후명

047 고래는 명가수 김영태

048 당나귀의 꿈 권대웅

049 까마귀 김재석

050 늙은 퇴폐 이승욱

051 색동 단풍숲을 노래하라 김영무

052 산책시편 이문재

053 입국 사이토우 마리코

054 저녁의 첼로 최계선

055 6은 나무 7은 돌고래 박상순

056 세상의 모든 저녁 유하

057 산화가 노혜봉

058 여우를 살리기 위해 이학성

059 현대적 이갑수

060 황천반점 윤제림

061 몸나무의 추억 박진형

062 푸른 비상구 이회중

063 님시편 하종오

064 비밀을 사랑한 이유 정은숙

065 고요한 동백을 품은 바다가 있다 정화진

066 내 귓속의 장대나무 숲 최정례

067 바퀴소리를 듣는다 장옥관

068 참 이상한 상형문자 이승욱

069 열하를 향하여 이기철

070 발전소 하재봉

071 화염길 박찬

072 딱따구리는 어디에 숨어 있는가 최동호

073 서랍 속의 여자 박지영

074 가끔 중세를 꿈꾼다 전대호

075 로큰롤 해븐 김태형

076 에로스의 반지 백미혜

077 남자를 위하여 문정희

078 그가 내 얼굴을 만지네 송재학

079 검은 암소의 천국 성석제

080 그곳이 멀지 않다 나희덕

081 고요한 입술 송종규

082 오래 비어 있는 길 전동규

083 미리 이별을 노래하다 차창룡

084 불안하다, 서 있는 것들 박용재

085 성찰 전대호

086 삼류 극장에서의 한때 배용제

087 정동진역 김영남

088 벼락무늬 이상희

089 오전 10시에 배달되는 햇살 원희석

090 나만의 것 정은숙

091 그로테스크 최승호

092 나나 이야기 정한용

093 지금 어디에 계십니까 백주은

094 지도에 없는 섬 하나를 안다 임영조

095 말라죽은 앵두나무 아래 잠자는 저 여자
    김언희

096 흰 책 정끝별

097 늦게 온 소포 고두현

098 내가 만난 사람은 모두 아름다웠다 이기철

099 빗자루를 타고 달리는 웃음 김승희

100 얼음수도원 고진하

101 그날 말이 돌아오지 않는다 김경후

102 오라, 거짓 사랑아 문정희

103 붉은 담장의 커브 이수명

104 내 청춘의 격렬비열도엔 아직도
    음악 같은 눈이 내리지 박정대

105 제비꽃 여인숙 이정록

106 아담, 다른 얼굴 조원규

107 노을의 집 배문성

108 공놀이하는 달마 최동호

109 인생 이승훈

110 내 졸음에도 사랑은 떠도느냐 정철훈

111 내 잠 속의 모래산 이장욱

112 별의 집 백히혜

113 나는 푸른 트럭을 탔다 박찬일

114 사람은 사랑한 만큼 산다 박용재

115 사랑은 야채 같은 것 성미정

116 어머니가 촛불로 밥을 지으신다 정재학

117 나는 걷는다 물먹은 대지 위를 원재길

118 질 나쁜 연애 문혜진

119 양귀비꽃 머리에 꽂고 문정희

120 해질녘에 아픈 사람 신현림

121 Love Adagio 박상순

122 오래 말하는 사이 신달자

123 하늘이 담긴 손 김영래

124 가장 따뜻한 책 이기철

125 뜻밖의 대답 김언희

126 삼천갑자 복사빛 정끝별

127 나는 정말 아주 다르다 이만식

128 시간의 쪽배 오세영

129 간결한 배치 신해욱

130 수탉 고진하

131 빛들의 피곤이 밤을 끌어당긴다 김소연

132 칸트의 동물원 이근화

133 아침 산책 박이문

134 인디오 여인 곽효환

135 모자나무 박찬일

136 녹슨 방 송종규

137 바다로 가득 찬 책 강기원

138 아버지의 도장 김재혁

139 4월아, 미안하다 심언주

140 공중 묘지 성윤석

141 그 얼굴에 입술을 대다 권혁웅

142 열애 신달자

143 길에서 만난 나무늘보 김민

144 검은 표범 여인 문혜진

145 여왕코끼리의 힘 조명

146 광대 소녀의 거꾸로 도는 지구 정재학

147 슬픈 갈릴레이의 마을 정채원

148 습관성 겨울 장승리

149 나쁜 소년이 서 있다 허연

150 앨리스네 집 황성희

151 스윙 여태천

152 호텔 타셀의 돼지들 오은

153 아주 붉은 현기증 천수호

154 침대를 타고 달렸어 신현림

155 소설을 쓰자 김언

156 달의 아가미 김두안

157 우주전쟁 중에 첫사랑 서동욱

158 시소의 감정 김지녀

159 오페라 미용실 윤석정

160 시차의 눈을 달랜다 김경주

161 몽해항로 장석주

162 은하가 은하를 관통하는 밤 강기원

163 마계 윤의섭

164 벼랑 위의 사랑 차창룡

165 언니에게 이영주

166 소년 파르티잔 행동 지침 서효인

167 조용한 회화 가족 No. 1 조민

168 다산의 처녀 문정희

169 타인의 의미 김행숙
170 귀 없는 토끼에 관한 소수 의견 김성대
171 고요로의 초대 조정권
172 애초의 당신 김요일
173 가벼운 마음의 소유자들 유형진
174 종이 신달자
175 명왕성 되다 이재훈
176 유령들 정한용
177 파묻힌 얼굴 오정국
178 키키 김산
179 백 년 동안의 세계대전 서효인
180 나무, 나의 모국어 이기철
181 밤의 분명한 사실들 진수미
182 사과 사이사이 새 최문자
183 애인 이응준
184 얘들아, 모든 이름을 사랑해 김경인
185 마른하늘에서 치는 박수 소리 오세영
186 ㄹ 성기완
187 모조 숲 이민하
188 침묵의 푸른 이랑 이태수
189 구관조 씻기기 황인찬
190 구두코 조혜은
191 저렇게 오렌지는 익어 가고 여태천
192 이 집에서 슬픔은 안 된다 김상혁
193 입술의 문자 한세정
194 박카스 만세 박강
195 나는 나와 어울리지 않는다 박판식
196 딴생각 김재혁
197 4를 지키려는 노력 황성희
198 .zip 송기영
199 절반의 침묵 박은율
200 양파 공동체 손미
201 온몸으로 밀고 나가는 것이다
    서동욱·김행숙 엮음
202 암흑향 暗黑鄕 조연호
203 살 흐르다 신달자
204 6 성동혁
205 응 문정희
206 모스크바예술극장의 기립 박수 기혁
207 기차는 꽃그늘에 주저앉아 김명인
208 백 리를 기다리는 말 박해람
209 묵시록 윤의섭
210 비는 염소를 몰고 올 수 있을까 심언주
211 힐베르트 고양이 제로 함기석

212 결코 안녕인 세계 주영중
213 공중을 들어 올리는 하나의 방식 송종규
214 희지의 세계 황인찬
215 달의 뒷면을 보다 고두현
216 온갖 것들의 낮 유계영
217 지중해의 피 강기원
218 일요일과 나쁜 날씨 장석주
219 세상의 모든 최대화 황유원
220 몇 명의 내가 있는 액자 하나 여정
221 어느 누구의 모든 동생 서윤후
222 백치의 산수 강정
223 곡면의 힘 서동욱
224 나의 다른 이름들 조용미
225 벌레 신화 이재훈
226 빛이 아닌 결론을 찢는 안미린
227 북촌 신달자
228 감은 눈이 내 얼굴을 안태운
229 눈먼 자의 동쪽 오정국
230 혜성의 냄새 문혜진
231 파도의 새로운 양상 김미령
232 흰 글씨로 쓰는 것 김준현
233 내가 훔친 기적 강지혜
234 흰 꽃 만지는 시간 이기철
235 북양항로 오세영
236 구멍만 남은 도넛 조민
237 반지하 앨리스 신현림
238 나는 벽에 붙어 잤다 최지인
239 표류하는 흑발 김이듬
240 탐핌과 소년과 계절의 서 안웅선
241 소리 책력 冊曆 김정환
242 책기둥 문보영
243 황홀 허형만
244 조이와의 키스 배수연
245 작가의 사랑 문정희
246 정원사를 바로 아세요 정지우
247 사람은 모두 울고 난 얼굴 이상협
248 내가 사랑하는 나의 새 인간 김복희
249 로라와 로라 심지아
250 타이피스트 김이강
251 목화, 어두운 마음의 깊이 이응준
252 백야의 소문으로 영원히 양안다
253 캣콜링 이소호
254 60조각의 비가 이선영
255 우리가 훔친 것들이 만발한다 최문자

256 사람을 사랑해도 될까 손미
257 사과 얼마예요 조정인
258 눈 속의 구조대 장정일
259 아무는 밤 김안
260 사랑과 교육 송승언
261 밤이 계속될 거야 신동옥
262 간절함 신달자
263 양방향 김유림
264 어디서부터 오는 비인가요 윤의섭
265 나를 참으면 다만 내가 되는 걸까 김성대
266 이해할 차례이다 권박
267 7초간의 포옹 신현림
268 밤과 꿈의 뉘앙스 박은정
269 디자인하우스 센텐스 함기석
270 진짜 같은 마음 이서하
271 숲의 소실점을 향해 양안다
272 아가씨와 빵 심민아
273 한 사람의 불확실 오은경
274 우리의 초능력은 우는 일이 전부라고 생각해 윤종욱
275 작가의 탄생 유진목
276 방금 기이한 새소리를 들었다 김지녀
277 감히 슬프지 않을 수 있겠습니까? 여태천
278 내 몸을 입으시겠어요? 조명
279 그 웃음을 나도 좋아해 이기리
280 중세를 적다 홍일표
281 우리가 동시에 여기 있다는 소문 김미령
282 써칭 포 캔디맨 송기영
283 재와 사랑의 미래 김연덕
284 완벽한 개업 축하 시 강보원
285 백지에게 김언
286 재의 얼굴로 지나가다 오정국
287 커다란 하양으로 강정
288 여름 상설 공연 박은지
289 좋아하는 것들을 죽여 가면서 임정민
290 줄무늬 비닐 커튼 채호기
291 영원 아래서 잠시 이기철
292 다만 보라를 듣다 강기원
293 라흐 뒤 프루콩 드 네주 말하자면 눈송이의 예술 박정대
294 나랑 하고 시픈게 뭐여여? 최재원
295 해바라기밭의 리토르넬로 최문자
296 꿈을 꾸지 않기로 했고 그렇게 되었다 권민경
297 이건 우리만의 비밀이지? 강지혜
298 몸과 마음을 산뜻하게 정재율
299 오늘은 좀 추운 사랑도 좋아 문정희
300 눈 내리는 체육관 조혜은
301 가벼운 선물 조해주
302 자막과 입을 맞추는 영혼 김준현
303 당신은 오늘도 커다랗게 입을 찢으며 웃고 있습니까 신성희
304 소공포 배시은
305 월드 김종연
306 돌을 쥐려는 사람에게 김석영
307 빛의 체인 전수오
308 당신의 세계는 아직도 바다와 빗소리와 작약을 취급하는지 김경미
309 검은 머리 짐승 사전 신이인
310 세컨드핸드 조용우
311 전쟁과 평화가 있는 내 부엌 신달자
312 조금 전의 심장 홍일표
313 여름 가고 여름 채인숙
314 다들 모였다고 하지만 내가 없잖아 허주영
315 조금 진전 있음 이서하
316 장송행진곡 김현
317 얼룩말 상자 배진우
318 아기 늑대와 걸어가기 이지아
319 정신머리 박참새
320 개구리극장 마윤지
321 펜소스 임정민
322 이 시는 누워 있고 일어날 생각을 안 한다 임지은
323 미래슈퍼 옆 환상가게 강은교